Sylvia Funston

Vampire, UFOs, Monster

Wie das Unerklärliche erforscht wird

Aus dem Englischen von Hanne Hammer
Mit Illustrationen von Jane Eccles

Ueberreuter

Die Deutsche Bibliothek - CIP-Einheitsaufnahme

Funston, Sylvia:
Vampire, UFOs, Monster : wie das Unerklärliche erforscht wird / Sylvia Funston. [Aus dem Engl. von Hanne Hammer]. - Wien : Ueberreuter, 2000
Einheitssacht.: Scary science <dt.>
ISBN 3-8000-1532-3

BILDNACHWEIS: Contrast (102, 108), Fortean Picture Library (83, 84)
In jenen Fällen, in denen die Inhaber der Rechte nicht ermittelt werden konnten, bleiben berechtigte Ansprüche gewahrt.

JS 0051/1

Aus dem Englischen von Hanne Hammer
Originaltitel »Scary Science. The Truth Behind Vampires, Witches, UFOs, Ghosts and More!«
First published in Canada by Owl Books at Greey de Pencier Books Inc. 1996

aus der Macmillan Children's Books a division of Macmillan Publishers Ltd unter dem Titel »Spooked. The Science of Fear« erschienenen Ausgabe, London 1998
Umschlagillustration: Uli Hierner
Gesetzt nach der neuen Rechtschreibung

Printed in Austria
7 6 5 4 3 2 1

Ueberreuter im Internet: www.ueberreuter.de

Inhalt

Einleitung

Du bist im Begriff, eine Welt der Angst und des Schreckens zu betreten, eine Welt der Geister und Kobolde, der Monster, der Außerirdischen und der unglaublichen Mächte. Es ist eine Welt voll unerklärlicher Dinge, die dich erschauern lassen. Dinge, die es eigentlich nicht geben sollte. Aber wer kann schon sagen, was es geben sollte und was nicht?

Passiert etwas haarsträubend Verrücktes, gehst du wahrscheinlich von einem übernatürlichen Ereignis aus - von etwas jenseits aller Naturgesetze. Es sei denn, du bist Wissenschaftler - klar. Wissenschaftler haben es sich zur Aufgabe gemacht, die Welt zu verstehen, deshalb können sie keine voreiligen Schlüsse ziehen, warum etwas passiert.

Welche Methode wenden Wissenschaftler an, um die Welt zu verstehen? Zuerst entwickeln sie wissenschaftliche Theorien, warum etwas passiert. Dann versuchen sie Beweise für die Richtigkeit ihrer Theorien zu finden. Nimm jedoch die Theorien weg und auch die Wissenschaftler sind von seltsamen Ereignissen manchmal genauso verblüfft wie du.

In der gespenstischen, unheimlichen Welt, die in diesem Buch erforscht wird, wirst du mit vielen seltsamen Kreaturen und Ereignissen konfrontiert werden. Manche sind Mysterien seit Ewigkeiten und verwirren die Wissenschaftler nach wie vor, da sie nicht zu den anerkannten wissenschaftlichen Theorien passen. Doch suchten und suchen die Wissenschaftler in Vergangenheit und Gegenwart nach der Wahrheit in der Hoffnung, die Frage beantworten zu können: „Gibt es diese Phänomene wirklich oder sind sie reine Fantasieprodukte?"

Manchmal ist die Antwort klar. Andere Male ist sie so verschwommen wie die Grenze, die die übersichtliche, kalkulierbare Welt, in der wir leben, von den dunklen, unbekannten Regionen des Übernatürlichen trennt.

Jetzt ist Gruselzeit!

Angst - dieses lähmende, Herzrasen verursachende, auf den Magen schlagende Gefühl, das nach dir greift und dich packt, ob du es erwartest oder nicht. Warum muss sich Angst so schrecklich anfühlen, dass sich uns die Eingeweide herumdrehen? Und wenn sie sich so schrecklich anfühlt, warum lieben wir es dann so, uns mit Horrorgeschichten, Monstern und UFOs in Panik zu versetzen?

Für manche Menschen nimmt das Wort Angst eine ganz andere Bedeutung an. Der Anblick eines Hundes zum Beispiel oder der Blick von der Spitze eines hohen Gebäudes kann lähmende Angst hervorrufen. Diese übertriebenen Ängste werden Phobien genannt. Aber wo beginnen sie? Und was kannst du dagegen tun?

Hast du dich jemals gewundert, warum wir uns überhaupt fürchten? Und warum dich mit zunehmendem Alter immer mehr Dinge das Fürchten lehren? Nimm zum Beispiel den Aberglauben. Warum sollten gesunde Menschen lieber um eine Leiter herumgehen als unter ihr hindurch? Oder jedes Mal auf Holz klopfen, wenn der Freitag in einem Monat auf den Dreizehnten fällt? Hast du dich jemals gefragt, welche Schrecken erregenden Dinge dieses Verhalten möglicherweise abwenden soll?

Wenn der Gedanke, diese Seite umzudrehen, deinen Mund trocken werden lässt, versuch deine Finger zu kreuzen, nach deinem Talisman zu greifen oder das zu tun, was immer du tun musst - es ist an der Zeit, diesen Ängsten den Kampf anzusagen …

Nimm dich in Acht vor GEISTERN

Sitzt du bequem? Freust du dich auf eine gute Lektüre? Großartig! Zeit, die Dinge ein bisschen auf den Kopf zu stellen. Sieh kurz unten auf Seite 15 und blättere wieder zurück. Nun, wie fühlst du dich?

Für die meisten Menschen steht das Geräusch, das über eine Tafel kratzende Fingernägel machen, ganz oben auf der Liste der Dinge, die ihnen sofort eine Gänsehaut verursachen. Nicht weit dahinter kommt das Quietschen von zwei sich aneinander reibenden Luftballons, die jede Sekunde platzen können. Doch nicht nur Geräusche verursachen dir Gänsehaut. Manche Menschen hassen das Gefühl von Talkumpuder zwischen den Zehen. Andere ertragen den Anblick von Raupen nicht, da sie so schleimig aussehen. Fühlst du dich schon besser?

Das Seltsame an der Gänsehaut ist, dass sie manchmal durch Dinge verursacht wird, die total ungefährlich zu sein scheinen. Richtige Angst ist notwendig, denn sie hilft uns, uns von Dingen, die uns schaden, fern zu halten oder wegzukommen. Doch warum reagieren wir so stark auf gewisse Geräusche, Textilien oder Anblicke, die uns nicht schaden können? Die meisten Experten sind sich einig, dass die Gänsehaut eng mit unserem „Flüchten-oder-kämpfen-Reflex" verbunden ist, der folgendermaßen funktioniert:

Angenommen, du machst einen Spaziergang und stehst plötzlich einem aus dem Zoo entlaufenen Tiger gegenüber.

Du kannst so tun, als seist du ein Stoppschild, stehen bleiben und mit dem Tiger kämpfen oder du kannst wegrennen. Während du wie angewachsen dastehst, arbeitet dein Verstand auf Hochtouren. Tief im Angstreaktionszentrum deines Verstandes erhalten zwei mandelförmige Klumpen grauer Zellen, Mandelkern genannt, von deinen Sinnen eine Menge Botschaften, die alle sagen: „Das ist kein Kätzchen!“ Der Mandelkern schlägt Alarm und ein Teil deines Gehirns, der Hypothalamus, reagiert, indem er dein Nervensystem in Handlungsbereitschaft versetzt. Dein Gehirn entscheidet, dass du zu klein bist um vorzugeben, ein Stoppschild zu sein, und zu schwach um einen Tiger zu bekämpfen, sodass du mit rekordbrechender Geschwindigkeit abhaust.

Um deinen Körper in eine super Fluchtkondition zu versetzen, sendet dein Hypothalamus weitere Botschaften durch deinen Blutkreislauf, die deine Nebennieren erreichen, die auf deinen Nieren thronen. Zu deinem Glück verleiht dir das von diesen Nebennieren produzierte Adrenalin übernatürliche Kräfte und du bezwingst die hohe Mauer am Ende der Allee mit einem einzigen Satz. Adrenalin ist es auch, das deine Knie weich macht, deine Zähne klappern und dein Herz hämmern lässt!

Gänsehaut wird als Miniversion dieser voll ausgeprägten „Flüchten-oder-kämpfen-Reaktion“ betrachtet. Das schauderhafte Gefühl, das dich die Zähne zusammenbeißen lässt und dir Herzrasen verursacht, ist deine Reaktion auf einen schnellen Adrenalinstoß, ausgelöst durch die Reaktion deines Gehirns auf etwas, das dieses als Bedrohung erkennt. Doch das ist die große Frage: Was ist so bedrohlich an dem Geräusch kratzender Fingernägel?

Keine Angst

Ein Team von Gehirnspezialisten der Universität von Iowa stieß kürzlich auf eine Frau, bekannt als S. M., die nicht in der Lage ist, Angst auf den Gesichtern anderer Menschen zu erkennen. Werden ihr Fotografien von Gesichtern gezeigt, die verschiedene Gefühle ausdrücken, ist S. M. von den Gesichtern verwirrt, die Furcht widerspiegeln. Scanneraufnahmen ihres Gehirns zeigen, dass eine seltene Krankheit den Mandelkern zerstört hat.

Geräusche aus der Vergangenheit?

Ein Psychologe fand eine Antwort, die weiter als die menschliche Geschichte zurückreicht. Er nahm das Geräusch von über eine Tafel kratzenden Fingernägeln auf und zerlegte es in hohe, mittlere und niedrige Frequenzen. Dann ließ er Personen auf diese Geräusche reagieren. Seltsam genug, waren es nicht die hohen Frequenzen, die bei den Probanden Gänsehaut auslösten, sondern die mittleren. Welche natürlich vorkommenden Geräusche deckt dieser Bereich ab? Die gleichen Geräusche, die unsere altehrwürdigen Vorfahren geängstigt hätten: die Gefahrenschreie unserer Primatenkollegen, wie zum Beispiel der von Meerkatzen (eine Affenart) ausgestoßene Alarmschrei, mit dem Artgenossen gewarnt werden, dass sich ein räuberisches Wesen in der Nähe aufhält. Welche anderen Geräusche fallen in den mittleren Frequenzbereich? Das haarsträubende Geräusch menschlicher Schreie.

Startbereit!

Angst lässt dich die Augen aufreißen, dein Herz hämmern, deinen Magen sich verkrampfen und deine Haut feucht werden. Warum?

Bringe die Bilder, auf denen vier Körperreaktionen gezeigt werden, mit dem diese Reaktionen auslösenden Grund zusammen.

Antworten Seite 119.

1. Je feuchter deine Haut, desto glitschiger wirst du, und je mehr Überstunden deine Muskeln machen, desto kühler bleibst du.

2. Je weiter sie sich öffnen, desto mehr Informationen können sie an dein Gehirn weiterleiten.

3. Je schneller es schlägt, desto mehr Sauerstoff kann es in

deine Muskeln schicken, sodass sie besonders hart arbeiten können.

4. Wenn die umliegenden Muskeln aufhören zu arbeiten, muss mehr Blut zu deinem Gehirn, deinen Arm- und deinen Beinmuskeln geleitet werden.

Stell dir das Geräusch
über eine Tafel kratzender Fingernägel vor.

Ängste mit einem großen Ph

Es ist normal, Angst zu haben, wenn du einem entlaufenen Tiger begegnest. Fühlst du jedoch die gleiche Angst, wenn ein freundlicher junger Hund an dir hochspringt, hast du die Welt der Phobien betreten – der übertriebenen, unsinnigen Ängste.

Es gibt vier Hauptgruppen von Phobien. Bei der ersten handelt es sich um Agoraphobie: die Angst vor offenen Plätzen. Erwarte nicht Menschen mit Agoraphobie bei einem Picknick im Park zu treffen; sie verlassen fast nie das Haus. Zu der zweiten Gruppe gehören die sozialen Phobien wie die Angst, in der Öffentlichkeit etwas zu tun – erröten, essen, sprechen oder sogar sich erbrechen. Als Nächstes kommt die Angst vor Tieren. Am häufigsten auf der Liste ist die Angst vor etwas, das sich schlängelt, zuckt, bellt, miaut, flattert, huscht oder baumelt. Zu der letzten Gruppe gehört die Angst vor Dingen, Aktivitäten oder Situationen – Dinge wie flaumige Tennisbälle, das Schneiden von

Tomaten oder das Fahren in Aufzügen - okay, du weißt, worum es geht.

Gemäß einer Theorie entsteht dann eine Phobie, wenn ein beängstigendes Ereignis dich an einen unheimlichen Moment in deiner Kindheit erinnert. Aus irgendeinem Grund verbindet dein Verstand die intensive Kindheitsangst mit dem, was du Jahre später erlebst.

Nach einer neueren Theorie hat die linke Seite des Gehirns die Aufgabe, den Dingen, die man nicht versteht, einen Sinn zu geben. Angenommen, du siehst einen sich nähernden Zug und bist plötzlich von panischem Schrecken erfasst. Dieses plötzliche, intensive Gefühl hat nichts mit dem Zug zu tun. Wahrscheinlich ist es das Resultat eines Durcheinanders deiner Gehirnchemie, das zufälligerweise mit der Ankunft des Zuges zusammentrifft. Da deine linke Gehirnseite jedoch die Aufgabe hat, deine Angstgefühle zu erklären, verbindet sie dein Panikgefühl mit dem Zug. Willkommen zur Siderodromophobie, der Angst vor Zügen!

Wann entsteht eine Phobie?

Psychologen haben herausgefunden, dass du eine Tierphobie wahrscheinlich im Alter von sieben Jahren entwickelst – falls du eine entwickelst. Phobien bezüglich sozialer Situationen – wie die Angst vor einer Gruppe von Menschen zu sprechen – werden wahrscheinlich nicht auftreten, bevor du ungefähr 15 bist. Überprüfe das mit deinen Freunden und Klassenkameraden und sieh, ob das, was sie dir erzählen, mit dieser Erkenntnis übereinstimmt. Und wenn einer von ihnen eine Phobie hat, die ihm das Leben so richtig schwer macht, tröste ihn, dass die Psychologen Möglichkeiten kennen, Menschen zu helfen, ihre Phobien zu überwinden.

Manche Menschen überwinden ihre Phobien, andere entscheiden sich dafür, mit ihnen zu leben. Ein an Thalassophobie – Angst vor dem Meer – leidender Präriefarmer könnte zu dem Entschluss kommen, dass seine Phobie keiner näheren Beachtung wert ist. Doch was ist mit einem Seiltänzer, der Höhenangst hat? Virtuelle Realität kann helfen. In einer Forschungsstudie der Technischen Hochschule von Georgia und der Emory-Universität in Atlanta trugen Studenten, die sich freiwillig gemeldet hatten, Datenhelme, die ihnen das Gefühl vermittelten, sich in drei unheimlichen Situationen zu befinden: in einem gläsernen Fahrstuhl, auf dem Balkon eines hohen Gebäudes und auf einer Brücke, die einen Canyon überspannt. Da kann man schon von klammen Handflächen und Magenschmerzen sprechen. Da es den Studenten jedoch möglich war, jede Situation in einer noch angenehmen Höhe zu beginnen und sich dann langsam höherzuarbeiten, waren sie in der Lage, sich an Höhen zu gewöhnen, die sie vorher vor Angst schwindelig gemacht hatten. Und das war möglich mit beiden Füßen fest auf dem Boden.

Der Zahnarztbesuch

Du gehst gern zum Zahnarzt. Richtig? Falsch. Aber du gehst – es sei denn, du leidest an einer Bohr- oder einer anderen Phobie bezüglich zahnärztlicher Aktivitäten. Psychologen der Universität von Kentucky schlagen als beste Möglichkeit, große Ängste vor dem Zahnarzt zu kurieren, vor,

einen Zahnarzt und einen Hygieniker zu finden, die dazu ausgebildet sind, dir beim Überwinden deiner Ängste zu helfen. Sie spielen zum Beispiel deine Lieblingsmusik, lassen dir eine Pause, wenn du ein bestimmtes Handzeichen machst, und verbinden dir sogar die Augen, damit du die Instrumente nicht siehst. Und wenn du bei dem Gedanken an eine Spritze noch immer Angst empfindest, haben die Psychologen spezielle Techniken entwickelt, die dir auch bei der Überwindung dieser Angst helfen können.

Bestimme die Phobie

Wie steht's mit deinem Wissen über Phobien? Versuch jede Phobie mit dem Bild zu verbinden, das sie hervorrufen könnte.

Antworten auf Seite 119.

1. Clinophobie
2. Lalophobie
3. Aerophobie
4. Ornophobie
5. Pyrophobie
6. Phasmophobie
7. Musophobie
8. Arachnophobie
9. Scholionophobie
10. Ailurophobie

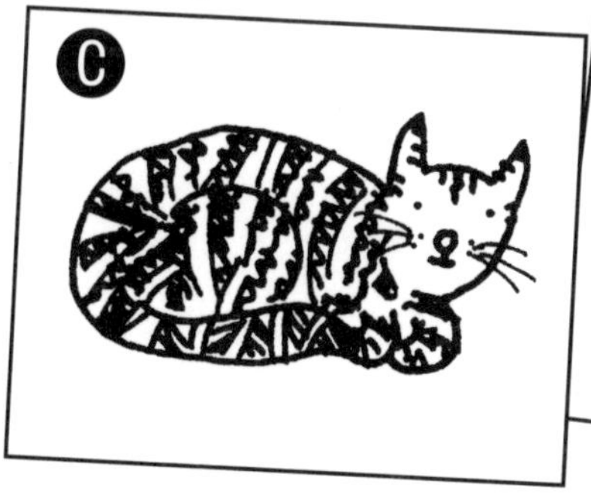

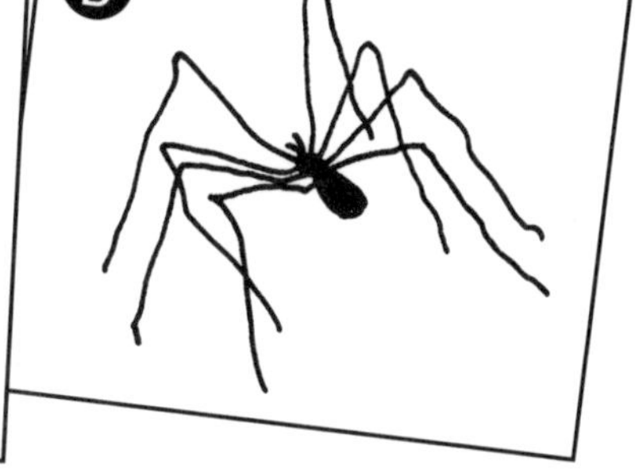

Freitag der Dreizehnte

Bist du einer der vielen Menschen, denen die Dreizehn einen Schrecken einjagt, dann kannst du sagen, dass du unter Triskaidekaphobie leidest. Das wird dir zwar nicht helfen deine Phobie zu überwinden, doch wird es dir helfen, ein paar Leute zu beeindrucken.

Ängste, die du nicht vermeiden kannst

Als Baby hast du Stadien durchlebt, in denen du vor verschiedenen Dingen Angst hattest. Viele Tiere erfahren während ihres Aufwachsens auch diese inneren Ängste. Angst ist ein notwendiger Teil der Überlebensausrüstung jedes jungen Menschen bzw. jungen Tieres.

Angst vor Fremden

Im Alter von sechs Monaten und älter haben Babys eine innere Angst, von ihren Müttern bzw. ihren Hauptbezugspersonen getrennt zu werden, und fürchten sich vor unbekannten Gesichtern. Beide Ängste sind sinnvoll, wenn du bedenkst, dass unsere frühen Vorfahren bei ihrer Suche nach Nahrung und Schutz kontinuierlich unterwegs waren. Jedes Baby, das sich nicht fest an seine Mutter klammerte oder das den Unterschied zwischen den Personen, die für es sorgten, und denen, die das nicht taten, nicht kannte, überlebte nicht lange. Auch Tiere haben Angst vor Fremden – Schimpansen entwickeln im gleichen Alter Angst vor Fremden wie menschliche Babys.

Angst vor Lärm

Hast du jemals ei-ei bei einem Baby gemacht, als ein plötzlicher Krach das Baby einen ohrenbetäubenden Schrei ausstoßen und seine Arme ausstrecken ließ, als wollte es nach etwas greifen? Psychologen beschreiben dieses Verhalten als Schreckreflex und wir alle erleben als Kinder eine Phase, in der laute Geräusche diese automatische Angstreaktion auslösen. Wirst du älter und mit den Geräuschen der Welt um dich herum vertrauter, tritt dieser Reflex weniger häufig auf – bis jemand an einem dunklen Halloween-Abend sich von hinten an dich heranschleicht und „Buh!“ schreit.

Die Antwort liegt im Schatten

Ein vor vielen Jahren durchgeführtes Experiment ergab, dass nicht nur Menschen innere Ängste haben. Als ein V-förmiger Schatten das erste Mal mit dem offenen Ende nach vorne über einem zwei Tage alten Küken bewegt wurde, zeigte dieses keine Reaktion. Wurde derselbe V-förmige Schatten jedoch umgedreht, sodass die Spitze nach vorne zeigte, verfiel das Küken in Panik. Warum? Wenn der Schatten sich nach rechts bewegte, nahm das < die Form einer fliegenden Ente an, während ein > der Silhouette eines fliegenden Hühnerhabichts entsprach. Die Reaktion des Kükens auf die Silhouette eines Raubvogels muss instinktiv sein. Ohne jemals einen Habicht gesehen zu haben, wusste das Küken, dass sein Umriss Gefahr bedeutet.

Ein 1960 durchgeführtes Experiment bewies, dass menschliche Babys im Alter von sechs Monaten eine instinktive Angst haben zu fallen. Forscher bauten eine oben mit Glas abgedeckte Kiste und beklebten die Hälfte der unteren Glasoberfläche mit Stoff. Den gleichen Stoff klebten sie auf den

Boden unter der durchsichtigen Hälfte. Ein Brett wurde über die Kiste gelegt, das die Teilung zwischen den beiden Hälften markierte, und Babys im Alter von sechs bis vierzehn Monaten wurden auf das Brett gesetzt. Jedes Baby zog sich von der durchsichtigen Hälfte zurück und krabbelte auf die mit Stoff bedeckte Hälfte des Glases.

Angst vor Tieren

Für viele Kinder scheint die Zeit um das dritte Lebensjahr eine besonders angstbesetzte Zeit zu sein. In dieser Zeit entwickeln viele Kinder Angst vor Tieren. Ein Psychologe vertritt die Meinung, dass der Grund für diese Angst in unserer fernen Vergangenheit liegt. Sobald ein Kind alt genug ist, um selbst auf Entdeckungsreise zu gehen, ist es sehr viel gefährdeter, als wenn es nah bei seinen Eltern bleibt. Vor langer Zeit bedeutete das, dass Kleinkinder eine leichte Beute für Raubtiere waren.

Andere Psychologen glauben, dass Kleinkinder Angst vor Tieren entwickeln, wenn drei innere Ängste gleichzeitig ausgelöst werden: die Angst vor einer schnellen Annäherung, die Angst vor einer plötzlichen Bewegung und die Angst vor abrupten lauten Geräuschen.

Süß und knuddelig

Ein britischer Zoologe wies Kinder an, ihre zehn Lieblingstiere zu benennen, und mit überwältigender Mehrheit wählten sie Tiere mit menschenähnlichen Zügen. Alle von ihnen ausgewählten Tiere waren Säugetiere mit großen Augen und runden Gesichtern und alle sahen knuddelig aus. Denk an einen riesigen Pandabären, einen Schimpansen oder ein Kaninchen und du weißt, worum es geht.

Bist Du abergläubisch?

Bist du jemals über einen Riss im Bürgersteig gesprungen oder hast es vermieden, unter einer Leiter hindurchzugehen? Wenn ja, bist du ein Opfer abergläubischer Ängste. Aber du bist nicht allein. Millionen Menschen, ja sogar Tauben sind abergläubisch. Tauben? Total! Und die Art und Weise, wie Tauben Aberglauben entwickeln, lässt Schlüsse auf uns selbst zu.

Ein Verhaltenspsychologe lehrte Tauben Futter zu bekommen, indem sie eine gewisse Anzahl von Malen auf einen Knopf pickten. Die Tauben lernten schnell. Um die Sache interessant zu machen, beschloss der Psychologe, das Futter willkürlich erscheinen zu lassen. Jetzt gab es für die Tauben kein wiedererkennbares Lernmuster. Was taten sie? Anstatt weiter zu picken begannen sie das zu wiederholen, was sie getan hatten, bevor das Futter das letzte Mal erschienen war. Wenn eine von ihnen zum Beispiel vor dem Picken des Futterknopfes herumgehüpft war, hüpfte sie auch jetzt jedes Mal vor dem Picken des Knopfes.

Das ist genau das Gleiche, als würdest du einen Treffer beim Fußball erzielen, wenn du gestreifte Socken trägst und denkst, dass die gestreiften Socken dir geholfen haben. Von jetzt an trägst du zu jedem Spiel gestreifte Socken. Natürlich war es reiner Zufall, dass du am selben Tag ein Tor geschossen *und* gestreifte Socken getragen hast. Bei dem Versuch, das Geschehene zu verstehen, ist dein Verstand jedoch bereit, eine abergläubische Erklärung zu akzeptieren, wenn er keine natürliche finden kann. Vielleicht unterstützt derselbe Teil deines linken Gehirns, der bei der Entstehung von Phobien eine Rolle spielt, auch das Entstehen von Aberglauben.

Wer ist hier abergläubisch?

Die folgende Szene ist voller abergläubischer Leute. Wer glaubt was? Verbinde jedes Bild mit der richtigen Erklärung. *Antworten Seite 119.*

1. Die alten Griechen glaubten, dass dieser Stoff ein Lebensstoff sei, da er Nahrungsmittel haltbar machen kann. Um Unglück nach dem Verstreuen dieses Stoffes zu vermeiden, solltest du etwas davon über deine linke Schulter werfen, um böse Geister ins Auge zu treffen.
2. Tu es, um das Schicksal nicht herauszufordern, wenn du dich für etwas rühmst. In alten Zeiten klopfte man

Freitag
13
Zum Wohl!
Haatschi!
tap
tap
MEHL

gegen einen Baum, wenn man den Schutz der mächtigen Baumgötter brauchte - aber man musste mit der rechten Hand klopfen.

3. Dieses Tier ist möglicherweise das berühmteste Pechsymbol - ausgenommen in Großbritannien, da steht es für Glück. Warum wird es mit Pech assoziiert? Vielleicht wegen seiner Farbe - der Farbe der Nacht und der Mächte der Dunkelheit.

4. Vor langer Zeit glaubten die Menschen ihre Seelen in ihren Spiegelbildern zu sehen. Zerbrach eines, glaubte man sieben Jahre Pech zu haben - da man annahm, dass Geist und Körper des Menschen sich alle sieben Jahre erneuern.

5. Daran geknüpfter Aberglaube geht möglicherweise auf eine skandinavische Legende zurück, in der ein Gott ohne Einladung zu einem Fest erschien, das für zwölf Götter gegeben wurde. Es kam zu Problemen, die zum Tod des Lieblingsgotts der Zwölf führten. In China ist sie ein Glückssymbol.

6. Lehnt sie gegen eine Wand, bildet sie ein Dreieck, das heilige Symbol des Lebens. Das Durchgehen unter einem Dreieck wurde als Gefährdung des eigenen Lebens betrachtet. Um das Unglück abzuwenden, halte deine Finger gekreuzt, bis du einen Hund siehst!

7. Dieser Aberglaube hat seinen Anfang wahrscheinlich in römischen Zeiten, in denen viele Krankheiten tödlich waren. Niesen konnte ein erstes Zeichen sein, dass jemand sich etwas eingefangen hatte - von einer Erkältung bis hin zur Beulenpest.

8. Es zu tun, um sich an etwas zu erinnern, geht auf den alten Glauben zurück, dass ein Knoten ein Zauber gegen das Böse ist. Wenn ein Dämon den Knoten sah, wurde er

von der komplexen Form des Knotens bezaubert und vergaß dich zu belästigen.

9. Aberglaube, der sich auf die Richtung bezieht, ist mit dem alten Ritual der Sonnenanbetung verknüpft. Sonnenanbeter glaubten, dass wichtige Arbeiten von Osten nach Westen verrichtet werden sollten, dem Gang der Sonne folgend.

10. Vor Hunderten von Jahren glaubten die Menschen, dass sie die Öffnungen von Gräbern symbolisierten, vielleicht sogar von Familiengräbern.

Freitagsfahrer

Freitag der Dreizehnte scheint wirklich gefährlich für deine Gesundheit zu sein. Eine neuere Studie britischer Wissenschaftler zeigt, dass bei Autounfällen an Freitagen, die auf den Dreizehnten fallen, mehr Fahrer ins Krankenhaus eingeliefert werden müssen als an anderen Freitagen. Kraftfahrer haben eine um 52 Prozent größere Chance, am Freitag den Dreizehnten ins Krankenhaus zu kommen als am vorhergehenden Freitag. Vielleicht sollte jeder an so einem unglückseligen Dreizehnten die öffentlichen Verkehrsmittel benutzen – oder noch besser: bis zum Vierzehnten im Bett bleiben.

Wusstest du das?

Wenn jemand im berühmten Londoner „Savoy Hotel" einen Tisch für dreizehn Leute reserviert, wird vom Personal die „Schwarze Katze des Savoy" aus Keramik als vierzehnter Gast an den Tisch gebracht.

SCHRECKEN der Nacht

Die Nacht hat etwas, das unsere schlimmste Angst wachruft – die Angst, dass etwas Gefährliches im Schatten lauert und bereit ist, sich in dem Moment auf uns zu stürzen, in dem wir nicht auf der Hut sind.

Kommt diese Angst aus der fernen Vergangenheit, als die Dunkelheit angefüllt war mit den Geräuschen scharfzahniger, langkralliger Tiere, die von der Dämmerung bis zum Morgengrauen durch die Wälder schlichen? Ist sie die Basis unseres Glaubens an Butzemänner, Werwölfe, Vampire und andere nächtliche Verfolger? Die Nacht erinnert uns an unsere alte Angst, dass einige von uns die Mächte der Dunkelheit kontrollieren oder sich in Raubtiere verwandeln können. Oder – noch schlimmer: dass du bei einem schönen roten Sonnenuntergang als Vampir aufwachst, der Blut braucht.

Doch wenn die Dunkelheit uns so ängstigt, warum assoziieren wir andererseits den Licht spendenden Vollmond mit Werwölfen und anderen Butzemännern der Nacht? Hat der Vollmond wirklich die Macht, Menschen in den Wahnsinn zu treiben?

Bist du bereit für die Schrecken der Nacht? Vielleicht solltest du dir erst etwas Knoblauch schnappen und deinen Pfahl schärfen …

Es war einmal eine unheimliche Zeit

Vor langer Zeit wurden Märchen nicht zur Unterhaltung von Kindern erzählt; sie sollten nützliche Lektionen über das Leben vermitteln. Und die haarsträubende Mischung von Fantasie und Horror bürgte für eine eifrige Hörerschaft. Unheimliche Geschichten können dir wirklich helfen, deine Ängste zu überwinden. Wie? Nimm die Geschichte vom „Tapferen Schneiderlein". Das Schneiderlein überlistet den Riesen, der es zermalmen will. Die Drohung des Riesen lässt dich erschaudern und du bist erleichtert, dass die Geschichte nicht dir passiert. Als das Schneiderlein siegt, bist du sicher, dass auch du die gemeinen Riesen in deinem Leben bezwingen und deine schlimmsten Ängste überwinden kannst, wenn du raffiniert bist.

Jetzt ist Gruselzeit

Denk ein paar Jahre zurück. Hast du unter dein Bett geguckt, bevor du hineingekrochen bist? Mit einem Nachtlicht geschlafen? Die Schranktür geschlossen, um den Butzemann, der darinnen lauert, nicht zu sehen? Sei nicht verlegen - fast jeder hat zu der einen oder anderen Zeit Angst vor der Dunkelheit. Aber warum?

Vielleicht sollten wir für eine mögliche Antwort einen Blick auf unsere frühen Vorfahren werfen. Sie lebten nicht in Häusern oder Wohnungen mit stabilen Türen, die sie nachts abschließen konnten. Ihr einziger Schutz gegen die unsichtbaren Gefahren der Nacht war es, hoch in einen Baum hinaufzuklettern und zu hoffen, dass nichts Hungriges sie erreichen konnte. Ist es möglich, wie ein Psychologe nahe legt, dass alle Menschen noch immer eine Erinnerung an diese schrecklichen Zeiten in sich tragen - eine Erinnerung, die so schwach ist, dass wir sie nicht einmal als Erinnerung wahrnehmen?

Buh!

BWGWL (bugul ausgesprochen) ist ein altes walisisches Wort und bedeutet „Objekt des Schreckens". Im nördlichen England und in Schottland wurde aus diesem Wort *bugaboo* (Gespenst), in Frankreich *bugibus*. Stimmt, du hast´s erfasst – der *Bwgwl* ist ein *Butzemann!*

Affenängste

Die Menschen gehören zur Familie der Primaten und viele Primaten leben noch immer auf Bäumen. Paviansäuglinge scheinen unsere Angst vor der Dunkelheit zu teilen. Und das mit gutem Grund. Die Zeit des Sonnenuntergangs ist das Signal für hungrige Jäger, mit ihrem heimlichen, nächtlichen Raubzug zu beginnen. Paviane haben auch Angst vor Schlangen und vor dem Fallen - schließlich sind Schlangen natürliche Feinde der Säugetiere und der Fall von einer Baumspitze oder von einem Felsen kann tödlich sein.

In unseren Träumen finden sich möglicherweise weitere Hinweise, die unsere Angst vor der Dunkelheit erklären. Universitätsstudenten wurden von Psychologen gebeten ihre häufigsten Träume aufzuschreiben. Träume vom Fallen standen an erster Stelle der Liste, gefolgt von Träumen gejagt zu werden. Und fast die Hälfte der Studenten berichtete von Schlangenträumen. Ist es möglich, dass Träume auf irgendeine Weise alte Erinnerungen enthüllen, die tiefer in uns gespeichert sind, als unser Wachbewusstsein reicht?

Dann holt dich der Butzemann!

Die meisten Menschen haben nicht so viel Angst vor der Dunkelheit wie vor den unsichtbaren Dingen, die möglicherweise in ihr lauern - unabhängig, ob die Monster in Träumen auftauchen oder Kreationen unserer Fantasie sind. Denk an die furchtbare Gestalt im Schrank, die sich als Kleiderstapel und anderer Kram erwies, nachdem das Licht erst einmal eingeschaltet war. Es war einmal üblich, dass Eltern ihren Kindern erzählten, der Butzemann würde sie holen, wenn sie nicht brav wären. Denk nur einmal an die Millionen Kinder, die sich in unzähligen Nächten in

den Schlaf gezittert haben müssen und nicht wagten ein Geräusch von sich zu geben für den Fall, dass dieses große, schlürfende Schattenwesen sie holen würde.
Heutzutage würden die meisten Eltern nicht einmal daran denken, ihren Kindern mit dem Butzemann Angst einzujagen. Doch haben Kinder weltweit immer noch Angst vor den Schrecken der Dunkelheit. Der Butzemann hat viele Gesichter - von Kobolden und Trollen über Werwölfe und Vampire bis hin zu Außerirdischen. Sind all diese Kreaturen unsere Art, uns mit der alten Erinnerung des Gejagt-Werdens in der Nacht auseinander zu setzen?

Butzemänner unter dem Bett

Ein Psychologe der Universität von Kalifornien befragte Kinder, wo sie nach Butzemännern suchen würden. Mehr Mädchen als Jungen antworteten: „Unter dem Bett!" Er glaubt, dass vor Millionen von Jahren unsere weiblichen Vorfahren mehr Zeit in Bäumen verbrachten als die Männer, sodass heute mehr Mädchen als Jungen Angst vor Dingen haben, die von unten kommen. Andere Wissenschaftler sind der Meinung, dass wir diese Verhaltensweisen vor langer Zeit abgelegt haben. Der Psychologe behauptet jedoch, dass andere Dinge seine Theorie bestätigen. Bei der Beobachtung von Kindern auf dem Spielplatz fand er heraus, dass Mädchen mehr Zeit auf Klettergerüsten verbrachten als Jungen. Und ein weiterer Punkt: Warum ziehen Mädchen während der wirklich gruseligen Stellen in Horrorfilmen die Füße hoch?

Es ist zum SCHREIEN!

Zu der einen oder anderen Zeit haben die Menschen auf der ganzen Welt einmal geglaubt, dass menschliche Wesen sich in Tiere verwandeln können. In Japan verwandeln sich Gestaltwechsler vom Menschen zum Kaninchen, zur Katze, zum Fuchs und zum Dachs und wieder zurück. Füchse sind bei chinesischen Gestaltwechslern auch sehr beliebt. In Indien und Kambodscha glaubte man, dass Menschen die Gestalt von Tigern annehmen konnten, um zu Wertigern zu werden. In den nördlichen Ländern sind es die Werbären und in verschiedenen Teilen Afrikas Werlöwen, Werkrokodile und sogar Werhaie. Europa scheint sich auf Werwölfe spezialisiert zu haben.

Warum Wölfe? Vor langer Zeit waren die Winternächte lang und sehr dunkel. Die Menschen wussten, dass direkt hinter den Wänden ihrer einfachen Häuser die wilden Wälder und die Wölfe waren. Wenn in den Wäldern das Futter knapp wurde, trieb der Hunger die Wölfe in die Dörfer, wo sie nach Essbarem jagten. Gewöhnlich griffen sie nur den Viehbestand an. Aber es gibt einen Bericht, dass während des bitterkalten Winters des Jahres 1450 verhungernde Wölfe durch ein Loch in der Stadtmauer von Paris krochen und 40 Menschen töteten.

Heute gehören die unheimliche Dunkelheit und die wilden, unwegsamen Wälder der Vergangenheit an. Ebenso die Wölfe, die in vielen Teilen der Erde fast bis zum Aussterben gejagt worden sind. Geschichten wie „Rotkäppchen" und „Die drei kleinen Schweinchen" machen uns jedoch in unserer frühen Kindheit mit dem Großen Bösen Wolf bekannt. Diese Geschichten halten tiefe, dunkle Erinnerungen von Wölfen als starke, intelligente Tiere wach, die uns ängstigen.

Eine haarsträubende Geschichte

Im Mittelalter cremten sich manche Hexen mit einer Salbe ein, die aus einer im Englischen *Wolfsbane* (Eisenhut) genannten Pflanze gewonnen wurde, denn sie glaubten, diese Pflanze habe die Macht, sie in Wölfe zu verwandeln. Heute wissen die Wissenschaftler, dass Eisenhut Bestandteile enthält, die die Nervenenden in der Haut irritieren können. Das Resultat? Benutzer der Salbe haben ein Gefühl, als würden ihnen sämtliche Haare zu Berge stehen.

Sind Wölfe erschreckend, dann sind Werwölfe mit Sicherheit Furcht erregend. Seit den alten Griechen haben die Menschen über Werwölfe geschrieben. Es gab viele Methoden, durch die ein Mensch ein Riesenerfolg als heulender Wolf werden konnte. So nahm man zum Beispiel an, dass Hexen sich in Wölfe verwandeln konnten und auch in der Lage waren, andere zu verwandeln. In einigen Teilen der Welt konntest du allein durch das Schlafen auf freiem Feld bei Vollmond zum Wolf werden. (So viel zu deinem geplanten Campingtrip am Wochenende!) In anderen Teilen der Welt ließ das Essen von Fleisch von einem durch einen Wolf getöteten Schaf, das Trinken von Wasser aus dem Fußabdruck eines Wolfs oder das Überziehen einer Wolfshaut dich in null Komma nichts den Mond anheulen.

Ein Wolfsmann?

Jo-jo war einer der bekanntesten Menschen, die an der seltenen Krankheit litten, die Hypertrichose genannt wird. Die Symptome reichen von Haarbüscheln auf der Haut bis zu Haaren am ganzen Körper mit Ausnahme der Handflächen, der Fußsohlen und der Lippen. Manche unter Hypertrichose leidende Männer rasieren ihr Gesicht mehrmals täglich. Andere wie Jo-jo verdienen ihr Geld als Wolfmänner im Zirkus. Ein amerikanischer Genetiker vertritt die Ansicht, dass die extreme Behaartheit ein Rückfall in die Zeit ist, in der wir alle mit Haaren bedeckt waren. Gesichts- und Körperhaare verschwanden, als wir sie nicht länger für Wärme und Schutz brauchten. Aber die Tatsache, dass wir die meisten unserer Haare verloren haben, bedeutet nicht, dass wir das „Haar-Gen" verloren haben, das die Haare wachsen lässt. In seltenen Fällen kann dieses Gen aktiviert werden – mit spektakulären Resultaten.

Es liegt dir im Blut

Fangzähne, Fell und ein wildes Temperament: Horrorfilme haben uns alle gelehrt, was wir zu erwarten haben, selbst

wenn die Wissenschaftler behaupten, dass es keine Werwölfe geben kann. Ein Biochemiker der Universität von Britisch-Kolumbien vertritt die Ansicht, dass Werwolfgeschichten auf mehr als auf Aberglauben und Horrorfilmen basieren. Seine Erklärung hat mit einer als Porphyrin bekannten Chemikalie zu tun – sie ist ein Bestandteil des Stoffes, der dein Blut rot macht. Funktioniert das Prophyrin in deinem Blut nicht richtig, leidest du an einer Porphyrie genannten Krankheit.

Es gibt acht Arten von Porphyrie und eine von ihnen geht mit Symptomen einher, die seltsam vertraut klingen. Menschen mit dieser Art Porphyrie verbrauchen nur einen geringen Teil des von ihrem Körper produzierten Porphyrins. Der Rest lagert sich in den Knochen oder unter der Haut ab. Das wird zum Problem, wenn das Krankheitsopfer in die Sonne geht. Dann verwandelt das Porphyrin den Sauerstoff in der Haut in eine schädliche Form - bis zu dem Ausmaß, dass Nase und Finger abfallen können. Diese Art Porphyrie lässt auch das Körperhaar üppig wachsen, und Zahnfleisch und Lippen des Opfers sind schmal und zurückgezogen, sodass die Zähne größer als normal wirken. Flache Nasen, Fangzähne und behaarte, pfotenähnliche Hände! Ist es ein Wunder, dass die Menschen den armen Kerl mit diesen Symptomen als Werwolf betrachteten?

Vollmond

Der Legende zufolge verwandelt sich ein normaler, gesetzestreuer Bürger nur bei Vollmond in einen Killerwerwolf. Das hat natürlich aller Wahrscheinlichkeit nach mit der Tatsache zu tun, dass Wölfe bei hellem Mondlicht am erfolgreichsten jagen.

Doch gibt es Rätsel um den Mond, die seit Tausenden von Jahren von den Menschen erahnt werden. Welche Macht hat der Mond über unser irdisches Leben? Und ist diese Macht real oder nur Einbildung?

Was, wenn der Mond nicht existieren würde?

Astronomen gehen davon aus, dass das Leben auf der Erde erheblich anders aussähe.

- Die Gezeiten wären nur ein Drittel so stark.
- Der Planet würde sich schneller drehen, sodass die Tage nur acht Stunden hätten.
- Starke, unaufhörliche Winde würden höhere Ozeanwellen erzeugen.
- Hurrikane wären häufiger und mächtiger.
- Pflanzen und Tiere müssten ihre Form und ihren Lebensstil verändern, um mit den sehr stürmischen Achtstundentagen zurechtzukommen.
- Ohne Mondlicht könnten sich Tiere, die beim Licht des Mondes jagen, nach Nahrung suchen oder sich paaren, nicht entwickeln.

Hmm ... das lässt dich den Mond in einem ganz neuen Licht sehen, stimmt´s?

Die starke Anziehungskraft

Stell dir den Mond als einen 80 000 000 000 000 000 000 Tonnen schweren Magneten vor, der die Erde drei Tagesreisen von uns entfernt umkreist. Wenn dieser Mondmagnet über die Erde hinwegfegt, zieht er sowohl Wasser als auch Land an. In den Meeren ist dieser Sog für das Entstehen der Gezeiten verantwortlich. Wusstest du jedoch, dass der ganze Kontinent Nordamerika sich um 15 Zentimeter hebt, wenn der Mond direkt über ihm steht?

Wenn der Mond einen so großen Einfluss auf unseren Planeten hat, beeinflusst er dann auch uns? Schließlich bestehen wir zu 80 Prozent aus Wasser und zu 20 Prozent aus Masse, was etwa dem gleichen Verhältnis von Wasser zu Land auf der Erdoberfläche entspricht. Wissenschaftliche Studien scheinen zu bestätigen, was Psychiater, Krankenwagenfahrer und Polizisten schon lange vermutet haben: Bei Vollmond werden mehr Menschen in Nervenkliniken eingeliefert und mehr Verbrechen begangen als zu anderen Zeiten des Mondmonats. Kein Wunder, dass der englische Begriff *lunacy* (Verrücktheit) ebenso wie das Adjektiv *loony* (verrückt) von Luna kommt, dem lateinischen Wort für Mond. Der Mond scheint also unser Verhalten zu beeinträchtigen, doch wie das genau passiert, ist noch immer ein Rätsel.

Mondstrahlen und Austern

Wenn der Mond Menschen beeinflusst, wie steht es dann mit den Tieren? Austern öffnen ihre Schalen bei Flut. Wissen sie durch das Auf und Ab der Gezeiten, wann sie sich öffnen müssen, oder richten sie sich nach einem anderen Signal? Um das herauszufinden hat ein Biologe Austern von der Küste vor Connecticut in sein Labor in Evanston in Illinois einfliegen lassen. In der ersten Woche öffneten die Austern ihre Schalen, wenn in Connecticut Flut war. Zum Ende der zweiten Woche hin begannen sie ihre Schalen jedoch dann zu öffnen, wenn der Mond direkt über Evanston stand. Wäre Evanston eine Küstenstadt, wäre zu dieser Zeit Flut. Irgendwie schienen die Austern die Anziehungskraft des Mondes zu spüren und ihre Schalen dann zu öffnen, wenn sie am stärksten war.

Verrückt, aber wahr

Zahnforscher der Universität von North Carolina haben kürzlich der alten Geschichte, dass Zähne bei Vollmond wachsen, neue Zündkraft verliehen. Es scheint, dass Kinderzähne meistens nachts während des Schlafs wachsen. Hast du schon einmal die Lust verspürt, nachts den Mond anzuheulen?

Kreaturen der Nacht

Mit Sicherheit kann der kalifornische Vampirforscher, der demjenigen, der einen authentischen menschlichen Vampir vorzeigen kann, 10 000 Dollar versprach, sein Geld behalten. Vampire sind tot. Natürlich, das ist der springende Punkt. Der Legende zufolge ist ein Vampir ein Toter, der sich weigert tot zu bleiben, der sich vom Blut lebender Menschen ernährt, der in der Dunkelheit lauert und der das Tageslicht meidet. Wie konnte sich dieser Aberglaube in der ganzen Welt entwickeln? Die Antwort könnte in zwei verschiedenen Krankheiten liegen.

Tuberkulose ist heutzutage in den meisten Teilen der Welt ziemlich selten, doch wurden durch diese Krankheit viele Menschen geschwächt und getötet, bevor die Ärzte Möglichkeiten zu ihrer Vorbeugung und Behandlung fanden. Zwei amerikanische Pathologen behaupten, dass einige schauerliche Überreste auf einem Friedhof in Connecticut auf eine Verbindung zwischen Tuberkulose und Vampirglauben hinweisen und beweisen, dass die Neuengländer wahrscheinlich noch im letzten Jahrhundert an Vampire glaubten.

Dem Volksmund zufolge kehrte jeder, der an Tuberkulose starb, als Vampir zurück und ernährte sich vom Blut seiner Familienmitglieder, die daraufhin dahinsiechten und starben. Die einzige Möglichkeit, die Familie zu retten, bestand darin, das Herz des Vampirs oder seinen ganzen Körper zu verbrennen. War das Herz entfernt, wurden die Knochen neu zusammengefügt, um den Vampir daran zu hindern, wieder aufzuerstehen. Als die Pathologen das Grab eines Mannes mittleren Alters aus dem 19. Jahrhundert öffneten, entdeckten sie, dass sein Schädel und seine Schenkelknochen auf seinen Rippen, die auf eine Tuberkuloseinfektion schließen ließen, neu angeordnet worden waren. Nicht wissend, dass Tuberkulose sich in stark bevölkerten Lebensräumen schnell verbreitet, nahmen die Farmer zu einer übernatürlichen Erklärung Zuflucht, nämlich dass die Opfer der Tuberkulose dahinsiechten, weil ihnen das Blut ausgesaugt wurde.

Porphyrie, die mit dazu beitrug, dass ihre Opfer als Werwölfe gebrandmarkt wurden, ist die zweite Krankheit, die teilweise für den Glauben an Vampire verantwortlich ist. Wenn Menschen, die an einer bestimmten Form von Porphyrie leiden, in die Sonne gehen, absorbiert das übermäßige Porphyrin in ihrer Haut Licht, das später wieder abgegeben wird. Das Resultat? Sie leuchten in der Dunkelheit. Ob du es glaubst oder nicht, die Behandlung für diese Krankheit ist eine Spritze mit Hämoglobin, dem eisenreichen Bestandteil deiner roten Blutzellen. Ja, eine Dosis Blut!

Neuigkeiten aus der Vampirzentrale

Der Direktor des Vampirforschungszentrums in Elmhurst, New York, sagt, dass im Gegensatz zum allgemeinen Glauben Vampire durchaus bei Tageslicht unterwegs sein können – mit dem richtigen Schutz. „Sie müssen nur einen 15- oder höherprozentigen Sunblocker verwenden“, behauptet er.

Ein schwerwiegender Fehler

Erinnerst du dich an den Grafen aus der Sesamstraße? Obwohl er hilfsbereit und harmlos war, brandmarkten ihn sein schwarzer Umhang, seine Fangzähne, sein osteuropäischer Akzent und seine Zuneigung zu Fledermäusen als Vampir. Dieses Vampirimage resultiert aus dem Buch *Dracula*, das 1897 von Bram Stoker geschrieben wurde. Auch Bela Lugosis Darstellung des Grafen Dracula im Kino hat viel zu dem beigetragen, was wir über Vampire wissen.

Nachts erheben sich die Vampire aus ihren Gräbern, doch sobald die Sonne aufgeht, kehren sie in ihre Särge zurück, um zu schlafen. Woher kommt diese Vorstellung? Stell dir Folgendes vor: Du lebst im Europa des 16. Jahrhunderts. Eine Frau in deinem Dorf wird krank und eines Morgens findet man sie ohne Anzeichen von Leben. Nachdem sie als Tote begraben wurde, beginnen die Leute zu vermuten, dass sie ein Vampir ist. Die Dörfler versammeln sich, um den Körper auszugraben, damit er verbrannt werden kann. Stell dir den Horror vor, wenn du den Sarg öffnest und siehst, dass die Kleider der Frau in Unordnung und ihre Finger ganz blutig sind. Als abergläubischer Kleinbauer aus dem 16. Jahrhundert würdest du denken, dass ein Leichnam, der Anzeichen zeigt, das Grab verlassen zu haben um herumzugehen und Blut zu trinken, ein Vampir sein muss, richtig? Denk noch einmal nach.

Bis vor kurzem war es den Ärzten nicht möglich, sicher zu sagen, ob ein Patient wirklich tot war oder tief im Koma lag oder sogar an Katalepsie (Starrkrampf) litt, einer Krankheit, bei der das Opfer tot zu sein scheint. Gelegentlich wurden Menschen lebendig begraben. Wie furchtbar muss es für sie gewesen sein, in Särgen tief unter der Erde aufzuwachen und ihre letzten Stunden damit zu verbringen, sich einen Weg nach draußen zu kratzen. Schließlich haben die Menschen herausgefunden, dass Menschen zu früh begraben wurden, die Ärzte lernten auch bei Koma- oder Katalepsie-Patienten Lebenszeichen zu erkennen und die Anzahl der Vampire nahm ab – nur nicht im Aberglauben.

Die Wunderknolle

Man glaubt, dass Vampire keinen Knoblauch vertragen. Und das zu Recht. Diese Wunderknolle hat die Funktion eines mächtigen Antibiotikums, sie verhindert, dass das Blut gerinnt, senkt den Blutdruck, ist gut für das Herz und kann möglicherweise auch Krebs bekämpfen. Außerdem scheint Knoblauch die Serotoninproduktion des Gehirns anzukurbeln und Serotonin sorgt dafür, dass du dich glücklich fühlst. Das reicht, um einen ordentlichen Vampir an sich zweifeln zu lassen.

Glaub es oder nicht ...

Wissenschaftler benutzen die Speichelflüssigkeit von Vampirfledermäusen, um ein Medikament herzustellen, das das Blut am Gerinnen hindert. Sie hoffen, dass dieses Medikament das Leben von Schlaganfallpatienten retten wird. Es tut gut zu wissen, dass die Wissenschaftler über einen Sinn für Humor verfügen. Sie haben das neue Medikament Dracula genannt.

Verhext

Die unheimliche Hexe des Halloween-Fests ist uns allen bekannt, sie ist die Hexe, die wir liebend gern hassen. Hässlich, alt und warzig trägt diese Schreckensfrau einen spitzen, schwarzen Hut und fliegt auf einem topmodischen Besenstiel. Ihre ständige Gefährtin ist ihre Vertraute - gewöhnlich eine schwarze Katze, die ihr beim Zaubern hilft. Sie spricht böse Zauberformeln, die Leute krank machen oder sie zwingen verrückte Dinge zu tun.

Die Macht unseres Hexenglaubens ist so stark, dass man sogar annimmt, dass Bilder von Hexen Unglück bringen. Shakespeares Schauspiel „Macbeth" enthält eine berühmte Szene, in der drei Hexen sich um ihren Hexenkessel ver-

sammeln, um Böses auszuhecken. Der Aberglaube besagt, dass das Lied, das sie in dieser Szene singen, nirgendwo anders als auf der Bühne gesungen werden darf. Es soll die Macht haben, Böses zu bewirken, da Shakespeare echte Hexenflüche benutzte, um König James I. zu beeindrucken, der von allem Seltsamen und Gespenstischen fasziniert war.

Woher kommt unser Bild der bösen Hexe? Es ist eine verzerrte Version des „alten Weibs", der weisen, alten Göttin einer alten, *Wicca* genannten und „witcha" gesprochenen Religion. 1484 versuchte Papst Innozenz VIII. die Wicca-Religion auszumerzen, indem er offiziell alle Wicca-Anhänger zu Beauftragten des Teufels erklärte. In den folgenden 200 Jahren wurden Menschen - vor allem Frauen -, von denen man annahm, sie seien Hexen, gefoltert, um sie zu einem Geständnis zu zwingen, sie wurden auch oft auf dem Scheiterhaufen verbrannt. Ungefähr 200 000 Frauen dürften während der berüchtigten Hexenjagden im Mittelalter in Europa lebendig verbrannt worden sein. Viele dieser „Hexen" wurden einfach deshalb umgebracht, weil sie Hebammen waren, die den Frauen beim Kinderkriegen halfen, oder Kräuterheilkundige, die wussten, wie man Krankheiten mit Pflanzen behandelt.

Die Zauberwurzel

Im Mittelalter halfen Hebammen Frauen bei der Geburt, indem sie natürliche Medikamente wie die Wurzel der Alraune verwendeten. Die Alraunwurzel ist ähnlich geformt wie der menschliche Körper und man sagt, dass sie schreit, wenn sie ausgegraben wird. Die Alraunwurzel beruhigt diejenigen, die sie als Medizin einnehmen. Diese Eigenschaft, das Verhalten der Menschen zu verändern, in Verbindung mit ihren seltsamen „menschlichen“ Eigenschaften, machten abergläubische Menschen glauben, dass sie eine Zauberwurzel sei, die von Hexen verwendet wurde. Heute kennen die Ärzte Alraun als Scopolaminquelle, eine wirksame Arznei, die für ihren beruhigenden Effekt auf Menschen berühmt ist, die ängstlich oder aus dem Gleichgewicht geraten sind – vor allem solche, die an Reisekrankheit leiden.

Die wirkliche Hexe von Salem

1692 kam es in Salem, Massachusetts, und anderen nahe gelegenen Dörfern zu Fällen von „Hexerei“. Zwei Mädchen im Alter von 9 und 11 Jahren begannen sich so aufzuführen, dass die Gemeinden geschockt waren. Eins der Mädchen fiel entweder in Zuckungen auf den Boden, Arme und Beine bewegten sich ruckartig außer Kontrolle, oder es warf die Bibel durch den Raum. Das andere unterbrach mit seinen spitzen Schreien die Gebete und warf Stücke brennenden Holzes von dem Feuer durch den Raum. Eine Gruppe älterer Mädchen begann wild zu gestikulieren und Unsinn zu reden. Sie sagten, sie fühlten sich, als ob sie gekniffen und gebissen würden. Man kam zu der Ansicht, diese unschuldigen Mädchen müssten Opfer einer Hexerei sein. Insgesamt 150 Leute wurden angeklagt, die Mädchen verhext zu haben, und 95 von ihnen wurden hingerichtet.

Als eine Studentin der Universität von Kalifornien in Santa Barbara von der Hexerei-Affäre in Salem las, fragte sie sich, ob ein natürlicher Grund die Umstände, die zu den Gerichtsverfahren führten, ausgelöst haben konnte. Nachdem sie herausgefunden hatte, was die Leute in Salem gegessen hatten, grenzte sie ihre Forschung auf die Untersuchung eines Mutterkorn genannten Pilzes ein, der manchmal Roggen, der auf feuchtem, schattigem Land wächst, vergiftet. Nach dem Verzehr von Mutterkorn reichen die Symptome von unerheblichen wie Übelkeit, dem Gefühl, Ameisen unter der Haut zu haben, und Muskelzuckungen bis hin zu ernsthaften Symptomen wie schmerzhaften Krämpfen, Konvulsionen, der Unfähigkeit zu urinieren, Halluzinationen, ja bis zum Tod. Viele dieser Symptome entsprechen jenen, die von Leuten beschrieben wurden, die behaupteten von Hexen verzaubert worden zu sein.

Ausbrüche von Mutterkornvergiftungen wurden im Europa des Mittelalters oft von Hexenverfolgungen begleitet. War demnach durch Mutterkorn vergiftetes Roggenbrot die wirkliche Hexe von Salem? Vielleicht ... könnte ein Ausbruch von Mutterkornvergiftung auch heute noch vorkommen? Da den heutigen Bauern Mutterkorn bekannt ist, ist das Roggenbrot, das du heutzutage kaufst, absolut sicher. Komm und mach dir ein Roggenbrot mit Erdnussbutter, das Hexenkräfte hat.

Mondsüchtigkeit

Hast du jemals bemerkt, dass der Mond größer ist, wenn er dem Horizont näher ist, als wenn er hoch am Himmel steht? Es ist hilfreich, ein bisschen mondsüchtig zu sein, wenn du herauszufinden versuchst, warum das so ist. Doch warte auf jeden Fall, bis Vollmond ist ...

Test 1 für Mondsüchtige

Bitte für dieses Experiment um eine Tablette in Größe eines Aspirins. Geh nach draußen, wenn der Mond dem

Horizont nahe ist. Halte die Tablette auf Armeslänge zwischen dich und den Mond. Wie viel vom Gesicht des Mondes bedeckt sie? Warte, bis der Mond hoch am Himmel steht, und wiederhole das Experiment. Wie viel des Mondgesichts bedeckt sie nun?

Test 2 für Mondsüchtige

Geh mit einem Blatt Papier nach draußen, wenn der Vollmond über dem Horizont steht. Roll das Papier zu einer Röhre, die den gleichen Durchmesser hat wie der Mond. Das heißt, der Mond sollte gut in das Ende der Röhre passen, wenn du hindurchsiehst. Umwickle beide Enden der Röhre, damit der Durchmesser sich nicht verändert. Warte, bis der Mond hoch am Himmel steht, und wiederhole das Experiment. Passt das Gesicht des Mondes noch immer in die Röhre?

Test 3 für Mondsüchtige

Sieh dir den Vollmond am Horizont an. Er ist groß, nicht wahr? Dreh ihm jetzt den Rücken zu, bücke dich und sieh ihn von unten nach oben durch deine Beine hindurch an. (Wer ist jetzt mondsüchtig?) Hat sich seine Größe verändert?

Antworten auf Seite 121.

Wusstest du das?

Wir stellen unsere Uhren nach der Sonne, unsere Körper folgen jedoch oft der Steuerung des Mondes. Eine menschliche Schwangerschaft dauert 266 Tage. Das sind neun Monate zu jeweils 29,5 Tagen – die genaue Zahl der Tage, die der Mond braucht, um durch seine vier Phasen zu wandern.

Dinge, die nachts Angst machen

Sprich von übernatürlichen Dingen und du denkst wahrscheinlich als Erstes an Gespenster und Kobolde. Die meisten Menschen heutzutage glauben nicht an Kobolde und Feen, aber mit Gespenstern ist das etwas anderes. Sind Gespenster wirklich die Geister der Toten? Wissenschaftler, die sich mit Geisteraustreibung beschäftigen, betreiben gespenstische Forschungen um herauszufinden, was es mit diesen Erscheinungen auf sich hat.

Und dann sind da die Poltergeister – wörtlich die „lauten Geister". Sie sind die Polter-Experten der Phantomwelt. Manche Forscher behaupten, dass es zu Poltergeiststreichen kommt, wenn die telepathischen Kräfte eines Menschen in die falsche Richtung gehen. Und dieser Mensch ist in der Regel ein Teenager, der sich nichts sagen lässt. Vergiss die Gespenster, jetzt geht's um Geisteskraft.

Die außersinnliche Wahrnehmung, auch PSI oder ASW genannt, führt uns in eine Welt, in der Worte, Telefone,

Computer, Füller, Papier und alle anderen normalen Mittel der Kommunikation total überflüssig sind. (Geheimnisvolle Fähigkeiten oder außersinnliche Wahrnehmungen werden nach dem vorletzten Buchstaben des griechischen Alphabets auch als „PSI-Kräfte“ bezeichnet. Anmerkung der Übersetzerin.) Aber können Menschen wirklich Gedanken von einem zum anderen senden oder Dinge durch bloße Gedankenkraft bewegen? Und was ist mit den Tieren? Wenn Menschen über PSI verfügen, sind dann auch Tiere übersinnlich veranlagt? Du musst nicht Gedanken lesen können, um die Antworten auf all diese Fragen zu finden – lies einfach weiter …

PHANTOME und Feen

Vor langer Zeit glaubte fast jeder an Gespenster, die Geister der Toten erschienen den Lebenden. Aber vor 100 Jahren glaubten auch viele Menschen an Feen.

Feen fotografiert!

Hättest du diese Überschrift in einer Ausgabe des Londoner Stand Magazine von 1920 geglaubt? Was wäre, wenn du gewusst hättest, dass der Autor Sir Arthur Conan Doyle war, der Erfinder des berühmten Romandetektivs Sherlock Holmes? Doyle glaubte an

Feen und publizierte die von der sechzehnjährigen Elsie Wright aufgenommenen Fotografien, die sie selbst und die zehnjährige Frances Griffiths mit kleinen, geflügelten Feen zeigten. Waren die Feen real oder waren die Fotos gefälscht? Das Rätsel blieb ungelöst, bis 60 Jahre später eine Computervergrößerung der Bilder ergab, dass keine der Feen Tiefe hatte. Wenn Feen nicht total platt sind, hatten die Mädchen die Fotos gefälscht. 1982 gab Elsie Wright zu, dass sie Feen auf Papier gezeichnet, sie ausgeschnitten und mit Nadeln an Baumästen befestigt hatten. Frances Griffiths bestand jedoch bis zu ihrem Todestag darauf, dass eins der Fotos, das zwei fast durchsichtige Feen zeigte, echt war.

Manche Menschen glauben noch immer an Gespenster. Die Wissenschaftler haben jedoch ihre eigenen Ideen, was gespenstische Geräusche und Sichtungen angeht. Manche dieser Ideen sind ebenso erstaunlich wie die Gespenster, die sie zu erklären versuchen, während andere - nehmen wir zum Beispiel den Fall des Hauses in Yorkshire, England, in dem es spukte ...

Die krachenden Geräusche hörte man seit Monaten. Nicht einmal die Polizei konnte das Rätsel dieser seltsamen Geräusche lösen. Nur eine Erklärung blieb noch offen: An dem Ort musste es spuken!

Als jedoch ein Team von Wissenschaftlern das Haus untersuchte, stießen sie auf einige sehr ungespenstische Ursachen. Tiefe Risse in den Wänden, verbogene Türrahmen und ein sich senkendes Dach ließen darauf schließen, dass das Haus in seinen Grundfesten wackelte. Draußen fanden sie einen nicht benutzten Abwasserkanal, der nahe am

Haus vorbeiführte und der mit dem Fluss verbunden war. Sie fanden das „Gespenst“. Bei jeder Flut wurde Wasser in den Abwasserkanal gedrückt und sickerte in den sandigen Boden unter dem Haus. Dieses tägliche Durchtränken machte den Boden instabil und verursachte das Wackeln und wieder Stillstehen des Hauses, bei dem einige sehr unirdische Geräusche entstanden!

Eine Zeitreise

An einem Tag in den Sechzigerjahren dieses Jahrhunderts arbeitete ein Klempner mit Namen Harry Martindale im Keller des Finanzamts der Stadt York in England. Es war Mittagszeit und er war allein. Plötzlich ertönte ein Jagdhorn und durch die Wände des Kellers marschierten mehr als 20 römische Soldaten und ein Pferd mit Karren. Martindale beschrieb sie als im Boden gehend, da er nicht tiefer als bis zu ihren Knien sehen konnte. Spätere Ausgrabungen unter dem Gebäude ergaben, dass die Via Decumana, die alte Straße, die zu Yorks erstem römischen Fort führte, ungefähr 45 Zentimeter unter dem Boden durch den Keller verlief. 1 000 Jahre früher musste die Straße kontinuierlich von Soldaten benutzt worden sein. Sah Harry Martindale die Wiederholung eines historischen Ereignisses? Oder lebte er sowohl in den Sechzigerjahren wie auch im alten England jener Zeit? Können Dinge in zwei Zeiten am gleichen Ort existieren, ebenso wie sie an zwei Orten zur gleichen Zeit existieren können? Eins der physikalischen Gesetze besagt, dass etwas nur zu einer

Zeit an einem Ort sein kann, und die Wissenschaftler glauben, dass alles, was du sehen kannst, von deiner Nasenspitze bis zum entferntesten Stern, den Gesetzen der Physik gehorcht. Doch sobald du beginnst Dinge zu untersuchen, die zu klein sind, um sie mit dem Auge wahrzunehmen - das Innere eines Atoms -, stehen die Gesetze der Physik Kopf. Bücher und Fahrräder mögen nur an einem festen Ort stehen können, doch subatomare (kleiner als ein Atom) Partikel können an verschiedenen Orten zur gleichen Zeit sein! Was das alles mit den Geistern der römischen Soldaten zu tun hat, kann jeder selbst entscheiden, aber es deutet darauf hin, dass die Dinge nicht immer das sind, was sie zu sein scheinen.

Ein Wachtraum?

Falls du einmal mit einem Gespenst zu tun bekommst und dir an Himmel oder Licht irgendetwas seltsam erscheint, kneife dich. Vielleicht hast du einen Wachtraum: Du glaubst durch deine Sinne Informationen aus deiner Umgebung zu erhalten, doch stattdessen kommen diese Informationen aus deinem träumenden Gehirn – vergleichbar einer Fernsehdirektübertragung.

Willkommen bei PSI

Es gibt viele Berichte, dass ein Mensch den Geist eines Freundes oder eines Verwandten gesehen und später herausgefunden hat, dass derjenige, den er gesehen hat, genau zu dieser Zeit gestorben ist. Einige Wissenschaftler glauben, dass es sich dabei nur um eine Halluzination handelt, ein im Gehirn des Menschen, der die Erscheinung „sieht", entstandenes Bild, an das er sich später als zeitgleich mit dem Tod des geliebten Menschen erinnert. Andere glauben, dass Telepathie oder Geist-zu-Geist-Kommunikation im Spiel ist. Die Idee ist, dass jemand ein telepathisches Bild entwirft, das von jemand anderem empfangen wird, der dann den Sender „sieht" oder „eine Botschaft" von dem Sender „bekommt". Wie das passiert, ist ein Rätsel, aber es schlägt ganz bestimmt jedes E-Mail.

Falls du es noch nicht bemerkt hast, du betrittst gerade die Welt der außersinnlichen Wahrnehmung (PSI) - in der Menschen angeblich Informationen durch eine Art Sinn erhalten, der jenseits der Sinne liegt, die wir benutzen um zu sehen, zu hören, zu berühren, zu riechen, zu schmecken und zu wissen, wo sich unser Körper im Raum befindet.

Zu PSI gehören außer Telepathie noch verschiedene andere Begabungen: Psychokinese (die Fähigkeit mit Gedankenkraft Dinge zu beeinflussen); Präkognition (das Sehen in die Zukunft); die Fähigkeit über eine große Entfernung hinweg Dinge passieren zu sehen; die Fähigkeit weit entfernt geschehende Dinge zu hören und zu fühlen. Parapsychologen haben seit 1930 PSI in Laboratorien untersucht,

doch bis auf ein oder zwei nennenswerte Ergebnisse ist es ihnen bisher nicht gelungen zu beweisen, dass PSI existiert.

Bist du empfänglich für Begegnungen?

Zwei Psychologen am Cushing-Krankenhaus in Framingham, Massachusetts, haben herausgefunden, dass ungefähr einer von zwanzig Menschen über eine extrem lebhafte Imagination verfügt. Ihre Forschungsergebnisse scheinen von zwei Forschern der Universität von Connecticut gestützt zu werden, die behaupten, dass manche Menschen „begegnungsempfänglich" sind, das heißt, dass man sich von ihnen sehr viel eher als von anderen Menschen vorstellen kann, dass sie auf Geister oder Außerirdische treffen.

Geheimnisvolle Züge

In den Fünfzigerjahren beschäftigte sich ein amerikanischer Forscher mit den Berichten von Zugunglücken, bei denen zehn oder mehr Personen verletzt wurden. Er notierte, wie viele Personen mit den Zügen reisten, als es zu dem Unfall kam, und sah sich dann die Aufzeichnungen von denselben Zügen eine Woche vor dem Unfall an. Er fand heraus, dass im Durchschnitt an den Unfalltagen wesentlich weniger Leute mit den Zügen fuhren als auf denselben Strecken in der Vorwoche. Was schloss er daraus? Vielleicht hatten die Passagiere eine Vorahnung, dass etwas passieren würde, und entschlossen sich deshalb, an diesem bestimmten Tag nicht mit diesem bestimmten Zug zu fahren.

Laute Gespenster

Im März 1984 passierten seltsame Dinge in einem Haus in Columbus, Ohio. Lampen und Wasserhähne gingen von selbst an und aus, Gläser fielen auf den Boden, Eier flogen hoch und zerbrachen an der Zimmerdecke und Kerzen, Lampen und Nippes begannen sich zu bewegen. Vor nicht allzu langer Zeit hätten die Menschen geglaubt, dass ein Poltergeist - ein „lauter Geist" - an der Arbeit sei. Ein Forscherteam der Stiftung für Para-Forschung in North Carolina ging jedoch von einer anderen Ursache aus und entschloss sich die Sache zu untersuchen.

Das Team verbrachte zusammen mit der Familie sechs Tage in dem Haus. Schließlich kamen sie zu der Schlussfolgerung, dass der Grund für die Rätsel die Tochter im Teenageralter war, die gerade eine schwierige Zeit mit ihren Eltern durchmachte. Die Forscher glaubten, dass die starken, schmerzlichen Gefühle der Tochter auf irgendeine Weise die Dinge um sie herum beeinflussten. Labortests zeigten, dass ihr Gehirn abnorme Gehirnwellen produzierte. Konnte es sein, dass Anweisungen vom Gehirn des Mädchens, die normalerweise an den Körper gingen, auf die eine oder andere Weise die Dinge in ihrer Umgebung beeinflussten?

Niemand weiß, ob verwirrte Teenager wirklich allein mit Gedankenkraft die Dinge in ihrer Umgebung bewegen können - ein Prozess, der als Psychokinese oder kurz PKI bekannt ist. Und niemand weiß, ob Menschen durch Telepathie wirklich Erscheinungen zum Zeitpunkt des Todes eines anderen Menschen haben. Die Wissenschaftler haben jedoch aus einigen sorgfältig kontrollierten Experimenten zu Psychokinese und Telepathie Ergebnisse gewonnen, die Ungläubige aufhorchen lassen …

Wie hat er das gemacht?

Am 19. Juli 1759 – lange vor der Zeit der Satellitendirektübertragung, der CNN News, der Faxe und sogar der Telefone – verblüffte Emmanuel Swedenborg die Menschen in Göteborg in Schweden, indem er sie mit neuesten Nachrichten über den Fortgang eines furchtbaren Feuers versorgte. Was ist daran so erstaunlich, fragst du vielleicht? Nichts, nur dass dieses spezielle Feuer das 480 Kilometer entfernte Stockholm verwüstete. Zwei Tage später traf ein Bote aus Stockholm ein und bestätigte alles, was Swedenborg gesagt hatte!

Es ist ein Glücksspiel

Sieh mal, Mama, ohne Hände!

Auf der Wright-Patterson Luftwaffenbasis in der Nähe von Dayton, Ohio, klettert ein Mann in einen Flugsimulator. Seine Aufgabe ist es, den Simulator nach vorne und zur Seite kippen zu lassen, indem er auf dem Bildschirm die grüne mit der schwarzen Linie zur Deckung bringt. Aber es gibt einen Haken. Er ist mit dem Simulator durch Drähte verbunden, die auf seiner Kopfhaut mit Elektroden befestigt sind, und er darf ausschließlich Gedankenkraft einsetzen, um den Simulator zu kontrollieren. Das macht er mit Hilfe seiner Augen. Auf jeder Seite des Bildschirms befindet sich ein flackerndes Licht. Die Sehrinde verarbeitet alles weiter, was sie sieht, und reagiert auf das Flackern mit Elektrizitätsstößen. Durch eine Beschleunigung der Elektrizitätsstöße bringt er den Simulator nach rechts in Schräglage. Und durch eine Verlangsamung nach links. Das hat nichts mit PSI zu tun, denn sein Gehirn ist mit der Maschine verdrahtet und PSI sollte ohne direkte physische Verbindungen funktionieren. Aber stell dir einmal vor, wohin diese Forschung führen kann – mit Gedankenkraft betriebene Rollstühle, Videospiele, Musikinstrumente …

Während der letzten 15 Jahre hat ein Raketenspezialist der Universität von Princeton - wenn er nicht gerade damit beschäftigt war, sich Möglichkeiten auszudenken, Leute auf den Mars zu befördern

– ein Experiment geleitet, bei dem ein „Zufallsgenerator" verwendet wurde. Stell dir diesen Generator als eine sehr schnelle Maschine vor, die das elektronische Äquivalent des tausendmaligen Werfens einer Münze in einer Sekunde leisten kann. Den Wahrscheinlichkeitsregeln zufolge fallen die „Münzen" in 50 Prozent der Fälle auf die Kopf- und in 50 Prozent auf die Zahlseite. In dem Experiment versuchen Leute mittels Gedankenkraft – oder PSI – den Generator zu beeinflussen, die Münzen in mehr als 50 Prozent der Fälle auf eine der Seiten fallen zu lassen. Nach 14 Millionen Versuchen mit 100 verschiedenen Leuten zeigten die Resultate, dass auf jeweils 1 000 elektronische „Münzwürfe" der Generator einmal Kopf oder Zahl mehr produzierte, als es der Wahrscheinlichkeit nach sein sollte.

Das mag dir nicht viel erscheinen, doch unter den Wissenschaftlern sorgte dieses Ergebnis für reichlich Gesprächsstoff. Es lässt vermuten, dass unser Gehirn in der Lage ist, Dinge außerhalb unseres Selbst zu beeinflussen – wenn auch nur in einem sehr geringen Umfang.

Empfängst du mich?

Vor sieben Jahren führte ein Forscher der psychophysischen Versuchslaboratorien in New Jersey Telepathie-Experimente durch, bei denen die Testpersonen Nachrichten senden und empfangen sollten. Der Wissenschaftler versuchte jede zufällige oder andere Möglichkeit des Betrugs auszuschalten, indem er den „Sender" und den „Empfänger" in schalldichte Kabinen einschloss. Dann bedeckte er die Augen des Empfängers und ließ ihn Kopfhörer mit einem Rauschen tragen. Auf diese Weise konnte das Gehirn des Empfängers keine Informationen durch Bilder oder Geräusche aufnehmen.

Nach ungefähr 15 Minuten des Nicht-Hörens und Nicht-Sehens beginnt das Gehirn der meisten Menschen eigene Bilder zu produzieren. Der Forscher ging davon aus, dass Bilder des Senders in den Halluzinationen des Empfängers auftauchen müssten, wenn Telepathie wirklich existiert. Während sich der Sender auf Bilder konzentrierte, die auf einem Bildschirm in seiner Kabine erschienen, beschrieb der Empfänger laut, was er vor seinem geistigen Auge sah. Bei manchen Versuchen sah der Sender auf dem Bildschirm ein Foto, bei anderen Videos. Die Bilder wurden willkürlich von einem Computer ausgewählt. Am Ende jeder Sitzung sah sich der Empfänger eine Sammlung von Fotos oder Videos an. Einige waren in dem Versuch benutzt worden, andere nicht. Er wurde gebeten diejenigen auszuwählen, die am besten zu den Dingen, die er vor seinem geistigen Auge gesehen hatte, passten. Wenn er lediglich riet, hatte er in 25 Prozent der Fälle Recht.

Sah er sich die Fotos an, hatte er in 27 Prozent der Fälle Recht – kaum besser als beim Raten. Sah er jedoch die Videos an, hatte er in 40 Prozent Recht. Ebenso wie die PSI-Versuche an der Princeton-Universität scheinen diese Versuche zur Telepathie darauf hinzuweisen, dass noch etwas anderes als Zufall im Spiel ist. Doch was das ist und wie man es beweisen kann, entzieht sich bis jetzt dem Verständnis der Wissenschaftler.

Wie ist die Frequenz?

Ein Astronom glaubt, dass das menschliche Gehirn das Potenzial zur Telepathie haben könnte, weil es schwache, aber messbare Radiowellen aussendet.

Haustiere und PSI

Wahrscheinlich hast du schon Geschichten von Haustieren gehört, die genau zu wissen scheinen, was ihre Besitzer denken. Und oft wird in den Nachrichten von dem seltsamen Verhalten von Tieren berichtet, das im Nachhinein als eine Vorwarnung vor einem Erdbeben gesehen werden kann. Haben Tiere PSI oder gibt es alltäglichere Erklärungen für ihr manchmal außergewöhnliches Verhalten? Forschungen scheinen zu zeigen, dass Hunde sehr eng mit ihren Besitzern verbunden sind.

Jaytee ist ein fünf Jahre alter Terrier, der einer Frau in Lancashire, England, gehört. Jaytee scheint immer zu wissen, wann seine Besitzerin nach Hause kommt, und ein Forschungsteam hielt den Beweis per Film fest. Ein Filmteam begleitete Jaytees Besitzerin, als sie das Haus verließ, und ein anderes Filmteam nahm auf, was Jaytee machte, während sie nicht da war. Weder das Team zu Hause noch die Besitzerin des Hundes wussten, wann sie zurückkommen würde, da die Zeit willkürlich von dem Team bestimmt wurde, das sie begleitete. Um die Möglichkeit auszuschließen, dass Jaytee das Geräusch ihres Autos bei ihrer Rückkehr erkennen würde, kam seine Besitzerin mit dem Taxi nach Hause.

Und was passierte? Während seine Besitzerin nicht da war, lief Jaytee viel im Haus herum. Doch in dem Moment, in dem ihr gesagt wurde, dass sie mit dem Taxi nach Hause fahren sollte, stand der kleine Terrier auf, ging zum Fenster und setzte sich hin. Und da saß er noch, als sie kam. Doch wie bei allen wissenschaftlichen Experimenten reicht ein erfolgreiches Experiment nicht aus, um etwas zu beweisen. Deshalb sind weitere Experimente mit Haustieren geplant, um zu sehen, ob ihr für einen „sechsten Sinn" sprechendes Verhalten auch auf Film festgehalten werden kann.

Doktor Hunds Diagnose

Menschen, die an Epilepsie leiden, können das Bewusstsein verlieren und sich beim Hinfallen verletzen. Amerikanische und britische Wissenschaftler untersuchen die Möglichkeit, ob Hunde in der Lage sind, subtile physische Veränderungen im Verhalten ihres Besitzers wahrzunehmen, die vor einem bevorstehenden epileptischen Anfall warnen. So setzt sich ein Hundebesitzer in Maine irgendwo sicher hin, wenn sein Hund ihn dringlich anbellt, da er gelernt hat, dass das eine Vorwarnung ist, die zehn Minuten vor einem Anfall erfolgt. Unterdessen gibt in Liverpool ein anderer Hund seinem Besitzer eine 30-minütige Vorwarnung, indem er einmal kurz bellt und nervös herumläuft. Nehmen diese beiden Hunde die veränderten Gehirnwellen ihrer Besitzer auf? Oder bemerken sie subtile Verhaltensänderungen oder Veränderungen in der Körperchemie, die den Geruch ihrer Besitzer verändern? Nur weitere Forschungen können diese Fragen beantworten.

Zittern, Klappern und Muhen

Vor einigen Jahren hat ein Professor der angewandten Chemie an der Freien Universität Berlin Informationen über

Tiere gesammelt, die sich unmittelbar vor dem Ausbruch eines Erdbebens ungewöhnlich verhalten haben. Er folgerte, dass viele Tiere ein nahendes Erdbeben spüren. Aber sie scheinen dazu keinen sechsten Sinn zu benötigen.

Die normalen Sinne der Tiere sind so scharf, dass sie dazu ausreichen. So glaubt man zum Beispiel, dass einige Tiere in der Lage sind, die minimalen vibrierenden Töne zu hören, die vor einem Erdbeben auftreten und die für Menschen nicht wahrnehmbar sind. Andere sind möglicherweise sogar in der Lage, elektrische Veränderungen wahrzunehmen, die dann entstehen, wenn Felsen tief in der Erde einem enormen Druck ausgesetzt sind.

Wenn die Trommel schlägt

In den Beinen einer Taube befinden sich mehr als hundert winzige Vibrationssensoren, die kleiner als Reiskörner und durch ein Nervengeflecht miteinander verbunden sind. Wissenschaftler fanden heraus, dass diese Vibrationssensoren die Taube im Voraus vor einem Erdbeben warnen.

Tiere tun die merkwürdigsten Dinge

Was glaubst du, welche dieser Verhaltensweisen Tiere vor einem Erdbeben an den Tag legen?

Antworten auf Seite 121.

1. Ameisen holen ihre Eier aus dem Ameisenhaufen.

2. Schweine beißen einander.

3. Frösche hören auf zu quaken.

4. Schlangen schlängeln sich aus ihren Höhlen.

5. Goldfische schwimmen hektisch in ihren Aquarien herum.

6. Hunde heulen.

7. Welse springen im Wasser herum.

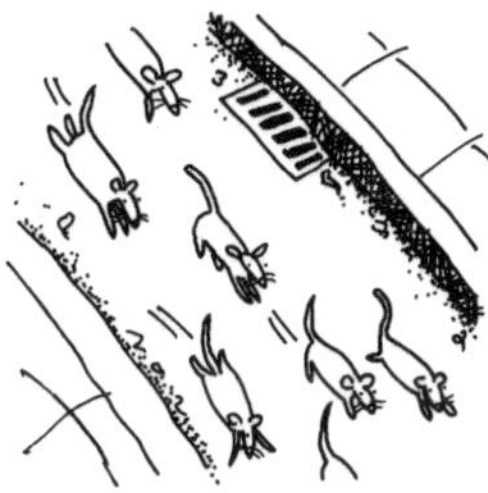

8. Ratten streifen durch die Straßen.

9. Katzen verlassen ihr Zuhause.

10. Kühe kämpfen miteinander.

Alles nur im Kopf?

Wenn etwas passiert, das die Menschen nicht erklären können, betrachten sie es oft als übernatürlich oder als außerhalb der Reichweite normaler Realität. Ereignisse, die außerhalb des Normalen liegen, können jedoch normale Erklärungen haben. Nimm zum Beispiel die außerkörperlichen Erfahrungen, bei denen Menschen das Gefühl haben, außerhalb ihrer Körper zu existieren – ja sogar herumzureisen. Als eine Psychologin in England fühlte, wie sie über der Welt schwebte und ihren Körper hinter sich ließ, war das ein so lebendiges Erlebnis, dass sie beschloss diese außerkörperlichen Erfahrungen zu erforschen.

Sie fand heraus, dass außerkörperliche Erfahrungen natürliche Ursachen haben können; so kann zum Beispiel eine übermäßige Belastung des Gehirns ein Schwebegefühl verursachen. Sie stellte sich vor, dass „paranormale Täuschungen" daraus resultieren, dass unser Gehirn das, was wir erleben, falsch interpretiert. Dein Gehirn versucht auf die gleiche Weise Sinn in ungewöhnliche Ereignisse zu bringen, wie es einer optischen Täuschung Sinn zu geben versucht. Du siehst zum Beispiel die abfallenden Linien der Wände auf dem Bild und dein Gehirn interpretiert sie als Verschwinden der Wand in der Ferne. Dein Gehirn gibt der Szene Sinn, indem es jeden der drei Soldaten größer erscheinen

lässt als den zu seiner Linken Stehenden. Selbst wenn du diese optische Täuschung verstehst, ist es sehr schwer, die Interpretation deines Gehirns umzustoßen und zu sehen, dass jeder der Soldaten gleich groß ist.

Wenn dein Gehirn in dem, was es sieht, keinen Sinn finden kann, schafft es einen. Daraus schließen die Psychologen, dass es möglicherweise auf die gleiche Weise eine Bedeutung für die Dinge schafft, die es erfährt. Hat dein Gehirn das Gefühl zu schweben, nimmt es an, dass du wirklich schwebst. Es interpretiert das Ereignis als nicht nur in deinem Kopf, sondern in einer Art paranormalen Realität stattfindend.

Die Menschen neigen dazu, ein Ereignis als paranormal anzusehen, wenn es zu unwahrscheinlich erscheint, um rein zufällig zu sein. Wie bei dem Mal, als du, kurz bevor sie anrief, an eine Freundin gedacht hast, von der du lange nichts gehört hast. War das Zufall oder war PSI im Spiel? Werden die Menschen mit etwas konfrontiert, das sie nicht verstehen, überlegen sie, ob es natürliche oder unnatürliche Ursachen hat. Der genaueste Weg zur Bestimmung der Wahrscheinlichkeit ist die Mathematik. Die meisten Menschen gehen jedoch anders vor und deshalb ist ihr Urteil, ob etwas zufällig passiert oder nicht, in der Regel katastrophal!

Hast du noch alle Murmeln im Schrank?

Wie gut bist du im Einschätzen von Wahrscheinlichkeiten? In einer Papiertüte sind zehn rote und zehn blaue Murmeln. Stell dir mit geschlossenen Augen vor, dass du zehn Murmeln herausholst, von denen acht rot sind. Welche Farbe wird höchstwahrscheinlich die Murmel haben, die du als nächste herausholst? *Antwort Seite 121.*

Übersinnliche Träume

Hier ein weiteres Beispiel. Angenommen du träumst, dass einer deiner Sportfavoriten bei einem furchtbaren Unfall umkommt. Am darauf folgenden Tag sind die Nachrichten voll von der Tragödie. Du kommst zu dem Schluss, dass das kein Zufall mehr sein kann und dass du über PSI verfügst.

Doch warte eine Minute! Ein britischer Statistiker arbeitete aus, wie oft ein solcher Traum zufällig auftritt. Seine Kalkulationen basieren auf der britischen Bevölkerung und er geht davon aus, dass jeder der 55 Millionen Menschen nur einmal in seinem Leben einen Todestraum hat. Seine Schlussfolgerung ist, dass jede zweite Woche rein zufällig jemand von jemandes Tod träumt und dass dieser Traum mit dem Tod des entsprechenden Menschen übereinstimmt.

Fährst du das nächste Mal mit eurem Familienauto auf eine rote Ampel zu, glaube nicht, dass du die Ampel beeinflussen kannst. Falls die Ampel grün wird, bevor du sie erreicht hast, ist das reiner Zufall, auch wenn du zur gleichen Zeit intensive Gedankenbotschaften ausgesandt hast: „Werde grün, werde grün, werde grün …“

Der Purpurgeruch von Gras

Augen sehen, Ohren hören, Zungen schmecken und Haut fühlt – und so ist das. Richtig? Falsch. Bei manchen Menschen „überkreuzen sich die Drähte“, wenn es um die Sinne geht. Sie sehen Farben, wenn sie Worte lesen. Andere schmecken vielleicht Worte und noch andere fühlen Stoffe und Formen, wenn sie Dinge schmecken. Diese Synästhesie genannte Veranlagung ist ungewöhnlich, aber nicht paranormal, wie es scheinen mag. Ein berühmter Neurologe betrachtet Synästhesie als normalen Gehirnprozess, den die meisten Menschen lediglich nicht nutzen; viele andere Wissenschaftler sind jedoch anderer Meinung.

Verfügst DU über PSI?

Du benötigst:

- ein Kartenspiel, gut gemischt;
- zwei Bogen Papier, auf einem steht „richtig“, auf dem anderen „falsch“;
- einen Kugelschreiber oder einen Bleistift;
- zwei Leute, von denen einer telepathische Botschaften aussendet und einer sie empfängt.

1. Der Sender sitzt an einem Tisch, legt die beiden Bogen Papier aus und legt die Karten mit der Ansichtsseite nach unten in einen Stapel. Der Empfänger sitzt an der anderen Seite des Tisches mit dem Rücken zum Sender. Das ist wichtig, denn der Empfänger darf die Karten nicht sehen.

2. Der Sender hebt eine Karte ab und konzentriert sich auf deren Farbe. Der Empfänger versucht die Farbe zu identifizieren und sagt laut rot oder schwarz.

3. Identifiziert der Empfänger die Farbe der Karte richtig, legt der Sender sie auf den Richtig-Bogen. Wenn nicht, kommt sie auf den Falsch-Bogen.

4. Mach das mit neun weiteren Karten und notiere, wie viele Karten aus dem ersten Zehnerpack richtig waren.

5. Mache vier weitere Zehnerpacks. Mische die Karten neu und bilde wieder fünf Zehnerpacks bis zu 100 Karten insgesamt. Zähle die Gesamtpunktezahl zusammen.

Wenn du die Farbe der 100 Karten nur rätst, landest du wahrscheinlich zwischen 40 und 60 Treffer. Hast du mehr als 60 Richtige, ist noch etwas anderes als Raterei im Spiel. PSI? Deine Vermutung ist weder besser noch schlechter als die Vermutung von jemand anderem.

Kennen wir uns nicht?

Eine willkürliche Telefonumfrage unter 1 236 Erwachsenen in den USA, die 1991 vom „Skeptical Inquirer" durchgeführt wurde, ergab, dass eine überraschende Anzahl der befragten Personen an übernatürliche Phänomene glaubt. Wenn du mit 100 der interviewten Amerikaner eine Party besuchen würdest, machtest du die Bekanntschaft von 25 Leuten, die an Geister glauben, von zehn, die behaupten schon einmal in der Gegenwart eines Geistes gewesen zu sein, und von 25, die behaupten schon einmal telepathisch mit einem anderen Menschen kommuniziert zu haben. Und wenigstens die Hälfte von ihnen glaubt an PSI.

Nicht von dieser WELT

Sieh dir die Geschichtsbücher an und du wirst über Jahrhunderte zurück Berichte über unbekannte Flugobjekte (UFOs) am Himmel finden. Sind wir der Lösung des UFO-Rätsels näher gekommen als die Menschen damals?
Können in den letzten 2000 Jahren Außerirdische von anderen Galaxien auf der Erde vorbeigeschaut haben? Wie

wahrscheinlich ist es überhaupt, dass Leben außerhalb unseres Sonnensystems existiert? Sind UFOs der Beweis für außerirdische Intelligenz oder sind sie einfach etwas total Verrücktes von unserem Planeten?

Und was ist mit den erstaunlich ähnlichen Berichten von Menschen, die behaupten, von Außerirdischen entführt worden zu sein? Sicherlich können Menschen erkennen, wenn ihr Verstand ihnen einen Streich spielt. Oder doch nicht?

Wenn du Zeit damit verbringen willst, den Himmel nach UFOs abzusuchen, solltest du vielleicht lieber nach Asteroiden Ausschau halten. Wenn irgendetwas Außerirdisches im nächsten Jahrhundert auf der Erde landen wird, wird es wahrscheinlicher ein Asteroid als ein Raumschiff sein. Also schnall dich an, es ist Zeit um zu einer kleinen Weltraumreise abzuheben …

UFO-ALARM

Der Nachmittag des 24. Juni 1947 war strahlend und klar. Der Pilot Kenneth Arnold hatte gerade mit dem Flugzeug seine Suche nach einem Flugzeug begonnen, das in den Cascade Mountains in der Nähe von Seattle, Washington, verschwunden war. Plötzlich wurde der Himmel von einem blau-weißen Blitz erhellt. Und von einem weiteren. Dann sah Arnold zu seiner Verblüffung neun silberne Flugzeuge, jedes mit einer Tragflächenspannweite von ungefähr 30 Metern. Arnold orientierte sich an bekannten Orientierungspunkten und schätzte, dass sie mindestens 1 930 Kilometer pro Stunde schnell flogen – doppelt so schnell wie die meisten Flugzeuge 1947!

In dem Glauben, eine Geheimwaffe gesichtet zu haben, berichtete Arnold seinen Vorgesetzten von dem, was er gesehen hatte. Er beschrieb, dass die Flugzeuge sich durch die Luft bewegten wie Untertassen, die über die Wasseroberfläche hüpften. Am nächsten Tag verkündeten die Schlagzeilen: „Fliegende Untertassen!“

Wenn es sich nicht um außerirdische Flugzeuge gehandelt hat, was hat Kenneth Arnold dann gesehen? Eine Möglichkeit ist die, dass er Zeuge von „Erdlichtern“ war, die manchmal in Gegenden auftreten, wo Schwachstellen in der Erdkruste ein Aneinanderstoßen verschiedener Erdplatten verursachen. Der durch die Reibung verursachte Druck wird für das Entstehen von hellen Lichtblitzen verantwortlich gemacht. Ein amerikanischer Geologe, der in seinem Labor diese intensiven Blitze nachgeahmt hat, indem er die Felsen bis zum Auseinanderbrechen unter Druck setzte, vertritt die Ansicht, dass natürlich entstandene Erdlichter sich auf der Linie der aktiven Schwachstellen bewegen. Demnach können Schwachstellen in der Erdkruste unter den Cascade Mountains sowohl die Ursache für die Blitze als auch für die mit hoher Geschwindigkeit fliegenden silbernen „Untertassen" gewesen sein.

Tanzende Karotten

Ein Atmosphärenforscher in Fort Collins, Colorado, filmte 80 Kilometer über Gewitterwolken tanzende Karotten. So beschrieb er mysteriöse orangefarbene Lichtsäulen und -tropfen in der oberen Atmosphäre. Wissenschaftler der Universität von Alaska haben ebenfalls tanzende Karotten gesichtet, die jedoch mehr Ähnlichkeit mit den hinterherhängenden Tentakeln roter Quallen hatten. Und das ist noch nicht alles. Flackernde Scheiben grünen Lichts – ELVES – wurden am Rand des Weltraums entdeckt. Wie ihre Namensvettern, die Elfen, sind diese ELVES (Emissions of Light and Very low frequency perturbations due to Electromagnetic pulse Sources – Lichtemissionen und sehr niederfrequente Störungen durch Quellen elektromagnetischer Pulse) für das menschliche Auge nicht wahrnehmbar. Somit bleiben Karotten, Quallen und ELVES ungelöste Rätsel.

Arnold war nicht der Erste, der ein UFO oder ein unbekanntes Flugobjekt gesehen hat. Seit Jahrhunderten gibt es Berichte von seltsamen Lichtern am Himmel.

776 erschienen während einer Schlacht zwischen den Sachsen und den Franken am Himmel feurige UFOs in Form von militärischen Schildern. Und

1561 berichteten Menschen in Nürnberg, Deutschland, lange „Rohre" am Himmel gesehen zu haben, aus denen Scheiben auftauchten und miteinander zu „kämpfen" schienen. Kenneth Arnolds Erlebnis war nur eins von Tausenden, aber mit ihm begann die Fliegende-Untertassen-Manie der Fünfzigerjahre. Und viele Menschen nahmen UFOs sehr ernst. Von 1952 bis 1969 führte die U.S. Air Force eine offizielle Untersuchung zum Thema UFOs durch, bekannt als Project Blue Book. Und die kanadische Regierung errichtete eine UFO-Untersuchungsstelle, Project Magnet genannt.

Der friedliche Himmel?

Am 6. Januar 1995 bewegte etwas die Mannschaft einer British-Airways-Boeing-737 abzutauchen. Ein hell erleuchtetes keilförmiges Objekt sauste auf sie zu, das bedrohlich nahe an die Maschine heranflog. Nach einjährigen Untersuchungen des Vorfalls mussten die britischen Luftfahrtexperten zugeben, dass sie keine logische Erklärung finden konnten. Noch mehr verblüffte, dass das UFO, obwohl es von der Erde aus gesehen wurde, auf keinem Radarschirm aufgetaucht war.

Von UFOs zu IFOs

Unter unbekannte Flugobjekte fällt alles, was am Himmel sichtbar wird und nicht identifiziert werden kann. Einem UFOlogen zufolge wird alle drei Minuten irgendwo auf der Erde ein UFO gesichtet.

Oft waren die Forscher in der Lage, UFOs in identifizierte Flugobjekte oder IFOs zu verwandeln. Es gibt natürliche Phänomene, die leicht für ein außerirdisches Flugzeug gehalten werden können. Hierzu gehören Wetterballons, die Sonnenlicht reflektieren, und Sichtungen von sehr hellen Himmelskörpern wie zum Beispiel des Planeten Venus. Auch seltsam geformte Wolken – wie die linsenförmigen Wolken, die sich manchmal in der Nähe von Gebirgen finden – können wie fliegende Untertassen aussehen.

Ein anderes natürliches Phänomen, das oft für ein UFO gehalten wird, ist Sirius, der „Hundestern". Jedes Frühjahr erhält ein kanadischer Astronom Anrufe von Leuten, die

ein flackerndes Licht beschreiben, das ungefähr gegen zehn Uhr abends im Südwesten seine Farbe von Rot zu Blau zu Grün verändert. Es ist Sirius, der tief am Horizont steht. Die dicke, sich kräuselnde Atmosphärendecke bricht sein Licht, verändert seine Farbe und lässt ihn aussehen, als ob er flackert. Der Hundestern verursacht mit Sicherheit jedes Frühjahr viel Gerede.

Akte X

Genau eine Woche nach Kenneth Arnolds Zusammentreffen mit den „fliegenden Untertassen" über den Cascade Mountains hörte man während eines Gewitters in der Nähe der Stadt Roswell in New Mexico eine riesige Explosion. Als der Rancher Brazel am nächsten Morgen nach seinen Schafen sah, fand er etwas, was den zertrümmerten Überresten eines Flugzeugs glich. Die Bruchstücke waren jedoch aus einem seltsamen Material, das er noch nie zuvor gesehen hatte. Und sie waren mit seltsamen Symbolen bedeckt, die ihm unverständlich waren.

Brazel brachte Proben des Materials zum Sheriff in Roswell, der die U.S. Air Force benachrichtigte. Ermittler der Air Force riegelten schnell das Gelände ab. Die offizielle Erklärung der Air Force lautete, dass die Trümmer von einem abgestürzten Wetterballon stammten.

Es dauerte jedoch nicht lange, bis sich das Gerücht verbreitete, dass die Körper von vier Außerirdischen in der Nähe der Unglücksstelle gefunden worden seien. Die Geschichte breitete sich aus, dass die Außerirdischen sich vor der Explosion ihres Fluggerätes in Sicherheit gebracht hätten. Das Gerücht gewann an Stärke, als ein Zeuge aus Militärkreisen behauptete, die Körper der Außerirdischen in Kisten aus Roswell ausgeflogen zu haben. Verschleierte die U. S. Air Force die Wahrheit über das, was sie gefunden hatte?

Seit dieser Zeit ist über den Roswell-Vorfall diskutiert worden. Schließlich veröffentlichte die U. S. Air Force 1994 eine weitere offizielle Erklärung, die besagt, dass sie kein außerirdisches Raumschiff oder die Leichen seiner Besatzung verstecke. Was die Air Force 1947 zu verschleiern suchte, hieß es, war die Explosion eines hoch geheimen Pentagon-Ballons, der Schallwellen ermitteln sollte, die von feindlichen nuklearen Explosionen erzeugt wurden. In der Zwischenzeit glaubt niemand am UFO-Museum in Roswell ein Wort davon.

Das Kreisspiel

In den Achtziger- und den frühen Neunzigerjahren dieses Jahrhunderts kam es auf Feldern im Süden Englands und an anderen Orten weltweit zu einem häufigen Auftreten von unerklärlichen Kreisen. Konnten die Kreise und geometrischen Formen von Landevorrichtungen von Raumschiffen herrühren? 1991 wurden die Hoffnungen der UFO-Enthusiasten zerschlagen, als Douglas Bower und David Chorley bekannten, seit 1978 für viele der Kreise in England verantwortlich zu sein. In Japan übernahmen Studenten die Verantwortung für die Kreise in einem Reisfeld. Aber wer ist für die Kreise in Kanada, den USA, Frankreich und an anderen Orten der Welt verantwortlich?

Fotofälschungen

Über die Jahre gab es Hunderte von Versuchen, gefälschte Fotos von UFOs als echt auszugeben. Abgebildet ist das Foto eines UFOs. Ist es eine Fälschung? Und wenn ja, was glaubst du, wie sie gemacht wurde?

Antworten auf Seite 122.

Natürlich ist es heutzutage möglich, Fotos per Computer zu verändern und Dinge hinzuzufügen, sodass man unmöglich sagen kann, ob die Fotos gefälscht sind. Aller Wahrscheinlichkeit nach wird niemand mehr an UFO-Fotos glauben.

Das solltest du zu Hause nicht versuchen

Das verschwommene Schwarzweißfoto eines UFOs war Teil eines Ulks, der sich verselbstständigte. Der fünfzehnjährige Dan Jaroslaw baute ein Modell einer fliegenden Untertasse. Er und sein Bruder Grant banden es mit einem durchsichtigen

Faden zwischen zwei Pfählen fest und machten vier Polaroidaufnahmen. Der Ulk ging ins Auge, als ihre Mutter die Fotos sah und die Zeitungen anrief. Während der nächsten neun Jahre wurden die Fotos von Experten für klassische Beispiele einer UFO-Erscheinung bei Tageslicht gehalten. Schließlich gaben die in Verlegenheit gebrachten Jaroslaw-Brüder 1976 zu, dass die Fotos eine Fälschung waren. Denk an diese Geschichte, wenn du die Idee hast, UFO-Fotografien zu fälschen!

Komm mir bloß nicht ZU NAHE

Ein bekannter Psychologe der Harvard-Universität hat intensiv mit Leuten gearbeitet, die behaupten, von Außerirdischen entführt worden zu sein. Er ist überzeugt, dass seine Patienten nicht an einer Geisteskrankheit leiden und ihr offensichtlicher Schmerz hat ihn überzeugt, dass ihnen wirklich etwas zugestoßen ist.

Viele Entführte berichten, bei einem hellen Licht aufgewacht zu sein. Sie spüren eine Präsenz im Raum. Manchmal hält sie sie fest und sie sind nicht in der Lage, sich zu bewegen. Viele Psychologen halten das für eine gute Beschreibung einer Schlaflähmung. Wenn du fest schläfst und träumst, werden deine Muskeln außer Kraft gesetzt, damit du dich nicht verletzt, wenn du die Bewegungen, die du im Traum ausführst, tatsächlich umsetzt. Manchmal jedoch bringt dein Gehirn etwas durcheinander und du wirst gelähmt, während du wach bist. Das kann erschöpften und angestrengten Fahrern passieren; auch helle Lichter können manchmal diesen Zustand auslösen. Man glaubt, dass ungefähr ein Viertel aller Menschen einmal im Wachzustand an Schlaflähmung gelitten hat. Und die große Mehrheit unter ihnen hat eine Präsenz in ihrer Nähe gespürt.

In vielen Kulturen gibt es Legenden von Wesen, die auf dem Brustkasten eines Schlafenden sitzen und den Schläfer dran hindern, sich zu bewegen oder zu atmen. Wahrscheinlich wurden sie erfunden, um das Phänomen der Schlaflähmung zu erklären.

Doch selbst wenn viele der Dinge, die die Entführten berichten, mit einer Schlaflähmung erklärt werden können, erklärt das nicht, warum sie das Gefühl haben, in ein Raumschiff zu schweben und von Außerirdischen berührt zu werden. Um eine Erklärung für diese Gefühle zu finden, müssen wir weiter suchen.

Unheimliche Begegnungen

Zuerst berichteten Leute, UFOs aus nächster Nähe gesehen (nahe Begegnungen der ersten Art) oder Beweise wie Brandstellen nach der Sichtung eines UFOs (nahe Begegnungen der zweiten Art) auf dem Boden gefunden zu haben. Bald behaupteten die Leute, Kontakt zu Außerirdischen gehabt zu haben (nahe Begegnungen der dritten Art), und gelegentlich berichteten sie, von Außerirdischen entführt worden zu sein (nahe Begegnungen der vierten und unheimlichsten Art).

Alles verkabelt

Ein Neurobiologe der Laurentian-Universität in Sudbury, Ontario, glaubt, dass die Erfahrungen des Schwebens und Berührtwerdens, von denen Entführte berichten, einzig und allein in deren Köpfen stattfinden. Er glaubt, dass es sich bei diesen Gefühlen um Halluzinationen handelt, die durch ungewöhnliche Stöße elektrischer Aktivität in den Schläfenlappen des Gehirns entstehen – des Teils deines Gehirns, der genau über den Ohren liegt. Um seine Theorie zu beweisen, versuchte er diese Gefühle bei einer Testperson in seinem Laboratorium zu erzeugen.

Er rüstete einen Motorradhelm mit Drahtspulen aus, die magnetische Felder erzeugen, wenn Elektrizität durch sie hindurch geleitet wird. Als Nächstes gebrauchte er einen Computer, um das ungewöhnliche Muster elektrischer Aktivität, das zu einem Schwebegefühl führt, zu kopieren. Dann sandte er dieses Muster durch die Spulen in das Gehirn der Testperson und löste so die gleichen Stöße elektrischer Aktivität in den Schläfenlappen aus.

Zuerst hatte die Testperson ein Gefühl, als würde sie in einer Hängematte schaukeln, dann, als würden zwei Hände sie um die Schultern fassen und ihren Körper aus dem Stuhl hochziehen. Natürlich halluzinierte sie - sie saß noch immer auf dem Stuhl und niemand hatte sie berührt. Als Nächstes hatte sie ein Gefühl, als würde ihr Bein den halben Weg bis zur Decke hochgestreckt. Man nimmt an, dass Menschen mit sehr aktiven Schläfenlappen oft diese Art Halluzinationen während des Schlafs haben. Kannst du dir vorstellen, wie beängstigend es sein muss, aufzuwachen und das Gefühl zu haben, zu schweben und von unbekannten Wesen berührt zu werden?

Kobolde oder Außerirdische

Die Details der meisten UFO-Entführungsgeschichten sind erstaunlich gleich: Massen seltsamen Lichts; kleine Außerirdische mit großen Köpfen, riesigen Augen und spindeldürren Armen und Beinen. Die Leute, die behaupten, außerirdische Wesen gesehen zu haben, beschreiben die Außerirdischen meistens übereinstimmend. In der Regel tragen die Außerirdischen helle, eng anliegende Kleidung und entführen in der Nacht Menschen. Klingt das bekannt? Gestalten wie die Beschriebenen leben seit Jahrhunderten in unseren Geschichten – als Kobolde, Elfen, Feen, Fabelwesen und Butzemänner. Sind Außerirdische wirklich Elfen mit einem schicken Gefährt?

Ist da draußen JEMAND?

Wollen wir in unserer Galaxie anderes Leben finden, wonach sollen wir suchen? Da die Sonne, ein G-Klasse-Stern, genau das richtige Klima für Leben auf einem Planeten schafft, glauben Astrologen zum einen, dass auch andere G-Klasse-Sterne dazu in der Lage sind. Zum anderen müssen wir nach einem für Leben, wie wir es kennen, wichtigen Element Ausschau halten – nach Wasser. In unserem Sonnensystem gibt es nur eine schmale Zone, in der Wasser als Flüssigkeit existieren kann. Der Sonne zu nah verdunstet es, zu weit von ihr entfernt gefriert es. Zum Glück für uns kreist die Erde in dieser Zone.

Ein verrückter Planet

Was ist zu heiß, um angefasst zu werden, so groß wie Jupiter und umkreist einen 51-Pegasus genannten Stern alle vier Tage? Wenn Schweizer Astronomen Recht haben, ist es der erste außerhalb unseres eigenen Sonnensystems entdeckte Planet, der einen unserer Sonne gleichen Stern umkreist. Das sind aufregende Neuigkeiten, doch einiges passt nicht zusammen. Um eine Umkreisung in nur vier Tagen zu schaffen, muss der Planet 51-Pegasus so nahe sein, dass er dessen Oberfläche praktisch berührt. Aktuellen Theorien zufolge ist das für einen Planeten von der Größe des Jupiter unmöglich. Stimmen die Theorien nicht? Oder sollten die Schweizer Astronomen noch einmal ihre Rechner hervorholen?

Ende 1995 bewiesen Schweizer Astronomen, dass G-Klasse-Sterne geeignet sind, um nach Planeten zu suchen. Drei Monate später bestätigten amerikanische Astronomen die Schweizer Theorie. Dann verkündeten sie ihre eigene Entdeckung von zwei großen Planeten, die sonnenähnliche Sterne umkreisen: einer in der Konstellation Virgo, der andere in Ursa major, dem Großen Bären. Und beide Planeten kreisen in einer wasserhaltigen Zone.

Infrarotaufnahmen von zumindest einem der Planeten können mit dem Hubble-Weltraumteleskop gemacht werden. In der Zwischenzeit setzt ein Satellit des Europäischen Infrarot-Weltraumobservatoriums (ISO) seine Suche nach weiteren Planeten fort. Die NASA hofft eine neue Generation von Weltraumteleskopen zu bauen, um etwas klar erkennen zu können, von dem sie hofft, dass es viele entfernte, neue Welten sind. Das Hubble-Teleskop hat Fotos eines „Sternentstehungsgebiets" im Adler-Nebel zur Erde geschickt, die zeigen, wie ein Stern innerhalb jeder Kuppe einer fingerähnlichen Gaswolke entsteht. Könnte einer dieser neuen Sterne möglicherweise Planeten haben, die Leben ermöglichen?

Einige Wissenschaftler sind sich ziemlich sicher, dass die Erde nicht der einzige Planet ist, auf dem sich Leben findet. Andere nicht. Die Wissenschaftler verwenden verschiedene Formeln um herauszufinden, auf wie vielen Planeten Leben möglich ist und ob dieses Leben intelligentes, zur Kommunikation fähiges Leben sein könnte. Es folgt eine Möglichkeit, die Chancen auszurechnen.

1. Nimm an, es gibt 400 Milliarden Sterne in der Milchstraßen-Galaxie.
2. Stell dir vor, $^1/_{10}$ oder 40 Milliarden dieser Sterne haben Planeten.

3. Ein Durchschnitt von zehn Planeten zu einem Stern macht 400 Milliarden Planeten.
4. Wenn sich nur ein Planet der zehn, die jeden Stern umkreisen, in der richtigen Klimazone befindet (wie die Erde in unserem Sonnensystem), heißt das, dass 40 Milliarden Planeten Leben ermöglichen.
5. Nimm an, dass sich auf $^1/_{10}$ oder auf 4 Milliarden dieser Planeten Leben entwickelt hat.
6. Wenn nur auf $^1/_{100}$ dieser Planeten intelligentes Leben besteht, kommt das auf 40 Millionen Zivilisationen in unserer Galaxie.
7. Wenn nur $^1/_{10}$ dieser Zivilisationen Radiotechnologie entwickelt haben, heißt das, dass 4 Millionen Zivilisationen in der Lage sind, Botschaften in den Weltraum zu senden. (Ein Wissenschaftler weist jedoch darauf hin, dass viele möglicherweise keine Radiotechnologie entwickelt haben, weil auf ihren Planeten die entscheidenden Metalle wahrscheinlich fehlen.)
8. Das Universum ist so alt, dass inzwischen viele Zivilisationen gekommen und gegangen sein dürften. Wenn nur $^1/_{1000}$ dieser Zivilisationen sich auf der richtigen Entwicklungsstufe befinden, heißt das, dass dort draußen 4 000 Zivilisationen bereit zur Kommunikation sein könnten!

Natürlich kommt man mit anderen Formeln zu dem Ergebnis, dass es nur einen Planeten gibt, auf dem Leben existiert … und du lebst auf ihm!

Der Weltraum

Wusstest du das?

Jedes Jahr sammelt die Erde mehr als fünf Milliarden Tonnen Weltraumstaub. Etwas von diesem Staub befindet sich in diesem Augenblick in deinem Haus.

Wir sollten den Himmel im Auge behalten, doch nicht nur wegen außerirdischer Flugzeuge. Am 30. Juni 1908 explodierte in der Nähe des Tunguska-Flusses in Sibirien etwas am Himmel mit der Kraft einer 20 Megatonnen schweren Atombombe. Auf einer der Größe von New York City entsprechenden Fläche verbrannten Bäume und wurden dem Erdboden gleichgemacht.

Die Tunguska-Region hatte einen Besucher aus dem All. Die Wissenschaftler fragten sich, ob es sich um einen Brocken Antimaterie, ein Schwarzes Loch in Miniatur, handelte oder sogar um einen Kometen, der verpufft ist. Die Tatsache, dass kein Krater vorhanden war, und die Art des Schadens an den Bäumen – alle sahen aus wie von einer Mitte zur Seite gekippte riesige verkohlte Zahnstocher – bestätigten, dass, was immer es war, in der Luft explodiert ist.

Welches Weltraumobjekt wird am wahrscheinlichsten die Art Beweis hinterlassen, wie er in der Tunguska-Region gefunden wurde? Nach einer von NASA-Forschern 1993 durchgeführten Computersimulation handelt es sich um einen steinigen Asteroiden von der Größe zweier nebeneinander liegender Eishockeybahnen, der sich mit einer Geschwindigkeit von 15 Kilometer pro Sekunde bewegt. Ein Asteroid dieser Größe und mit dieser Geschwindigkeit würde ungefähr acht Kilometer über dem Boden auseinander brechen. An diesem Punkt wird der Druckunterschied zwischen der Luft, die sich vor dem Asteroiden aufstaut, und dem Beinahevakuum, das hinter ihm entsteht, zu stark als dass er ihm standhalten könnte.

Der Asteroid, der in der Tunguska-Region so viel Schaden angerichtet hat, war relativ klein. Was würde passieren, wenn ein wirklich großer Asteroid oder Komet auf die Erde fiele? Nun, vor 65 Millionen Jahren krachte etwas enorm Großes auf die mexikanische Yucatan-Halbinsel. Es hinterließ einen Krater, der fast die Entfernung zwischen London und Paris abdeckt, setzte eine 200 Millionen Wasserstoffbomben entsprechende Energie frei und wirbelte eine Staubwolke auf, die die Sonne für Monate verdunkelte. Einige Wissenschaftler sind auch der Auffassung, dass ein Feuersturm mindestens ein Viertel der Pflanzen der Erde vernichtete. Als die Sonne schließlich wieder schien, waren viele Tierarten, einschließlich der Dinosaurier, tot.

Knapp daneben

Zwei Wochen vor Weihnachten 1994 sauste ein 6 mal 13 Meter breiter Asteroid in einem Abstand von 104 000 Kilometer an der Erde vorbei. Das ist nicht so weit weg, wie es klingt – nur ungefähr ein Viertel der Entfernung zwischen uns und dem Mond. Zehn steinige Asteroiden dieser Größe werden wahrscheinlich jedes Jahr in der Erdatmosphäre verbrannt.

Tod durch einen Asteroiden?

Mach dir keine Sorgen. Die Atmosphäre unseres Planeten verbrennt kleine Brocken hereinkommender Weltraumtrümmer und ihre Schwerkraft veranlasst viele Asteroiden ihre Geschwindigkeit zu erhöhen, ihre Umlaufbahn zu ändern und eine Kollision zu vermeiden. Die Experten der NASA haben jedoch vorgeschlagen, dass weltweit ein Netzwerk von Teleskopen installiert werden soll, um Asteroiden mit Kurs auf die Erde, die Probleme verursachen könnten, aufzuspüren. Und man überlegt sich auch schon, was wir tun könnten, wenn eines Tages ein hereinkommender Asteroid gesichtet werden sollte. Es ist die Rede davon, ihn mit einer sehr mächtigen nuklearen Waffe von seiner Bahn abzulenken. Wo ist Superman, wenn du ihn brauchst?

Der Wächterplanet

Das nächste Mal, wenn du den riesigen Gasplaneten Jupiter am Abendhimmel siehst, schick ihm ein kleines Dankeschön. Seine Schwerkraft beeinflusst Kometen, die sich der Erde nähern, und schießt sie in eine andere Richtung. Ohne unseren Wächterplaneten Jupiter ist es wahrscheinlich, dass die Erde alle 100 000 Jahre anstatt alle 100 Millionen Jahre in einen riesigen Weltraum-Zusammenstoß verwickelt worden wäre – von der Größe, der die Dinosaurier ausgerottet hat.

Auseinander brechen

Man glaubt, dass ein Asteroid von der Größe des Mars vor ungefähr vier Milliarden Jahren mit der Erde zusammengestoßen und dafür verantwortlich ist, dass sie sich schneller um ihre Achse dreht. Die Trümmer, die durch die Explosion in die Umlaufbahn flogen, setzten sich langsam zusammen und bildeten einen felsigen Satelliten, den wir später als Mond bezeichnet haben.

Sternentstehungsgebiete

Im Winter kannst du am Himmel ein Sternentstehungsgebiet sehen, in dem Sterne geboren werden. Und das Hubble-Weltraumteleskop hat bestätigt, dass diese neugeborenen Sterne von glühenden Staub- und Gasscheiben umgeben sind – das Material, aus dem Planeten bestehen. Vor ungefähr fünf Milliarden Jahren hätte unsere Sonne wie einer dieser Sterne ausgesehen und unser Planet wäre ein Teil der glühenden Scheibe um sie herum gewesen.

Um dieses Sternentstehungsgebiet zu sehen, wähle einen klaren, mondlosen Winterabend. Lebst du in der Stadt, versuche dich von Lichtquellen fern zu halten. Sieh nach Süden, um das Sternbild des Orion zu finden, und such dann nach dem verschwommenen weißen Fleck unter Orions Gürtel. Durch ein Fernglas kannst du sehen, dass es sich um den schüsselförmigen Orion-Nebel handelt – ein ausgedehntes Sternent-

stehungsgebiet neugeborener Sterne, die dabei sind, Planeten zu bilden. Das weiße Glühen kommt von den sehr hellen Sternen, Trapez genannt, die sich in seinem Zentrum zusammenballen.

Ein Hinweis zum In-die-Sterne-Gucken

Du siehst den Nebelfleck sehr viel besser, wenn du leicht an einer seiner Seiten vorbeiguckst. So können die Stäbchenzellen an den Rändern deines Sehfeldes sein Licht aufnehmen. Sie sehen Dinge im Halbdunkel besser als die Zapfenzellen in der Mitte deines Sehfeldes. Astronomen praktizieren diese Sehtechnik laufend.

Erstaunlich, aber wahr

Das Hubble-Weltraumteleskop zeigt Tausende von Galaxien in der Deichsel des Großen Wagens. Astronomen gehen bei der Anzahl der Galaxien im sichtbaren Universum von ungefähr 40 Milliarden aus!

Jenseits aller Vorstellungen

Am 1. April 1995 wurde in einer populärwissenschaftlichen Zeitschrift über die Entdeckung eines seltsamen, neuen Tiers berichtet. Es hieß, dass der Heißköpfige Nackte Eisbohrer unter dem Eis in der Antarktis lauere und Pinguine jage, indem er das Eis, auf dem sie stehen, schmelze und sie in das Treibeis ziehe. Ein Foto zeigte ein Monster mit Kneifzangenzähnen und einem heißen roten Höcker auf der Stirn. Doch jeder, der nach einem konkreten Beweis für die Existenz des Eisbohrers fragte, wurde bitter enttäuscht. Die Geschichte war eine Ente, ein Aprilscherz.

Kryptozoologen sind Leute, die ihr Leben mit der Suche nach mysteriösen Tieren verbringen. Sie haben den Beweis erbracht, dass im Gegensatz zum Eisbohrer einige seltsame, verborgene Bestien wirklich existieren. Riesenpandas entkamen Jägern und Zoosammlern mehr als 50 Jahre lang, bis ein Pandababy gefangen wurde, als es 1937 im nördlichen China in einem Baum ein Schläfchen machte. Und was den Gorilla anbetrifft, so wurde er in den Köpfen der Leute umso größer und wilder, je mehr Gerüchte umgingen. Schließlich konnte im 19. Jahrhundert bewiesen werden, dass der riesige, behaarte Gorilla kein Mythos war. Wie von Pandas und Gorillas nimmt man von Wesen wie Bigfoot, dem Yeti und dem Monster von Loch Ness an, dass sie an entlegenen Orten leben. Und muss die Tatsache, dass wir sie noch nicht gefangen haben, heißen, dass sie nicht existieren?

Alte Geschichten sind voller Helden, die mit Fabeltieren wie Greifen oder Feuer speienden Drachen kämpfen. Ob in der Legende oder in der Wirklichkeit, Monster haben die Menschen seit langer Zeit fasziniert. Bist du bereit, in diese großen Fußspuren zu treten und den übertriebenen Geschichten auf den Grund zu gehen?

... und einfach FURCHTBAR

Es nennt sich Sasquatch, obwohl viele Leute seinen saloppen kalifornischen Namen Bigfoot bevorzugen. Egal wie du es nennst, es ist ein riesiges, kegelköpfiges, behaartes Wesen, das sich auf zwei Füßen umherschleppt und in den zerklüfteten Bergen entlang der Pazifikküste Nordamerikas lebt. Was beweist, dass Bigfoot existiert? Nichts, was Wissenschaftler als Beweis akzeptieren würden - kein Skelett, nicht einmal ein Schädel. Ist es demnach verwunderlich, dass die meisten Wissenschaftler Bigfoot nicht ernst nehmen? Was sie als Beweis haben, ist nicht viel: einige Sichtungen, viele Fußspuren und einen kurzen Film.

Wusstest du das?

Sasquatch kommt von einem Wort, das von dem Salish-Stamm im südwestlichen Britisch-Kolumbien benutzt wird und das „wilder Mann der Wälder" bedeutet.

Es scheint zwei verschiedene Arten von Bigfoot-Fußspuren zu geben. Einige sehen aus, als seien sie von riesigen Menschen wie der in Bossburg im Staat Washington gefundene Abdruck. Die Gipsform des Abdrucks ist fast 44 Zentimeter lang, was heißt, dass sein Besitzer mindestens drei Meter groß sein muss! Andere Fußspuren sehen nicht aus, als seien sie von riesigen Menschen. Sie sind ungefähr sanduhrförmig wie die in Bluff Creek Valley im nördlichen Kalifornien gefundenen Abdrücke.

Die Wissenschaftler finden es verdächtig, dass zwei unterschiedliche Arten von Abdrücken gefunden wurden, denn es ist höchst unwahrscheinlich, dass sich zwei verschiedene Arten von Bigfoot entwickelt und im selben Gebiet überlebt haben. Ein Experte für den Gang von Primaten geht davon aus, dass es sich mindestens bei einem Fußabdruck um eine Fälschung handeln muss. Und viele Bigfoot-Fußspuren sind bereits als Fälschungen entlarvt worden. Ein Experte braucht nicht lange um zu erkennen, ob ein Fußabdruck von einem sich bewegenden, Gewicht tragenden Fuß stammt oder von einem Paar fußspurenförmiger Stiefel. (Entdecke diese Unterschiede selbst, indem du die Übung auf Seite 115 machst.)

Licht! Kamera! ... Action?

Roger Pattersons kurzer Film, der 1967 im Bluff Creek Valley entstand, sollte den definitiven Beweis für Bigfoots Existenz liefern. Doch die meisten Wissenschaftler, die den Film gesehen haben, glauben, dass sein „Star" wahrscheinlich ein Mann in einem Fellkostüm ist. Der Film zeigt ein Bigfoot-Weibchen, das mit Riesenschritten im Wald verschwindet. Die Wissenschaftler stellten sich die folgenden Fragen, nachdem sie den Film gesehen hatten, und überprüften die Fußspuren, die das Filmsubjekt hinterließ.

- Wenn es sich um ein Weibchen handelt, warum bewegt es sich wie ein Männchen?
- Warum bewegt es sich auf eine so selbstbewusste, übertriebene Weise?
- Warum ist es oberhalb der Taille affenähnlich und

unterhalb menschenähnlich? Diese Halb-und-halb-Mischung kommt in der Natur nicht vor.

- Warum hat sein Kopf eine Knochenleiste? Bei den großen Primaten wie Orang-Utans und Gorillas sieht man Knochenleisten im Normalfall nur bei Männchen.
- Warum hat es keinen Spitzbauch, den man normalerweise zusammen mit Knochenleisten findet? (Eine Knochenleiste unterstützt die zusätzlichen Kiefermuskeln, die gebraucht werden, um große Mengen kalorienarmen Essens zu kauen, die wiederum einen dicken Bauch verursachen.)
- Wenn es, wie ein Experte folgert, 196 Zentimeter groß ist, warum entsprechen dann seine Fußabdrücke einem viel größeren Tier?
- Warum ist der Abstand zwischen jedem Fußabdruck kürzer als die der Größe der Fußabdrücke angemessene Entfernung?

Ein Experte für menschliche Bewegungsarten war der Ansicht, dass es ihm bei der Bestimmung, ob der Bigfoot real oder eine Fälschung war, helfen könnte, wenn man wüsste, mit welcher Geschwindigkeit der Film aufgenommen wurde. Wurde er mit 24 Einzelbildern pro Sekunde aufgenommen, könnte der Bigfoot ein großer Mann in einem Fellanzug sein. Wurde der Film jedoch mit 18 Einzelbildern pro Sekunde aufgenommen, entspricht die Art und Weise, wie der Bigfoot sich bewegt, nicht der des menschlichen Gangs. Patterson sagte, dass er sich nicht erinnern könnte, mit welcher Geschwindigkeit er an diesem Tag gefilmt habe. All diese Fragen legen nahe, dass entweder die Fußspuren oder der Film gefälscht waren. Und wenn das eine gefälscht war, wie kann man dann an das andere glauben?

„Dieses DING da“

1952 war Tensing Norgay, ein Angehöriger des Sherpa-Stammes und ein erfahrener Gebirgsführer, einer der Ersten, der den Gipfel des Mount Everest an der Grenze zwischen Nepal und Tibet erreichte. Ein Reporter fragte ihn, ob es Yetis – das asiatische Äquivalent zu Bigfoot – wirklich gebe. Tensing Norgay stellte sich Yetis lieber als Butzemänner vor, die von Müttern heraufbeschworen wurden, um unartige Kinder einzuschüchtern, damit sie sich besser benehmen. Gibt es Beweise, die bestätigen, dass es sie wirklich gibt?

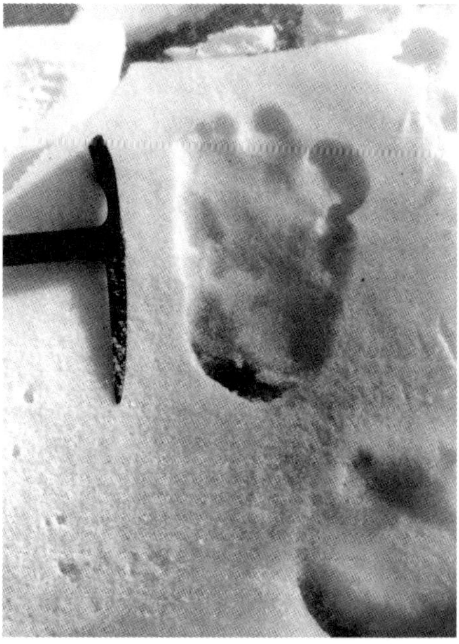

Eine Zahl von vermeintlichen Yeti-Spuren wurde auf einem schneeigen Hang im Himalaja-Gebirge fotografiert; alle Spuren waren unterschiedlich. Eines der deutlichsten Fotos wurde 1951 von dem Bergsteiger Eric Shipton aufgenommen, als er in einer Höhe von 6000 Metern auf eine Reihe von Spuren stieß. Die Eisaxt vermittelt eine Vorstellung von der Größe eines Fußabdrucks. Sie ist fast 33 Zentimeter lang und 20 Zentimeter breit.

Dieses Foto sorgte für Aufregung. Der tiefe Eindruck um das äußere Ende der Ferse ließ darauf schließen, dass, wer immer den Abdruck gemacht hat, wie ein Mensch ging und mit der äußeren Seite der Ferse zuerst den Boden berührte. Ein näherer Blick zeigte jedoch, dass der Schnee der Sonne ausgesetzt war und dass der tiefe Fersenabdruck wahrscheinlich durch Schmelzen verursacht wurde. Der Abdruck stammt wahrscheinlich von einem Tier, doch von was für einem? Schließlich wartete ein Experte für Fußabdrücke mit einer interessanten Theorie auf. Vielleicht handelte es sich bei dem Abdruck um eine Kombination von zwei Fußabdrücken. Im Himalaja leben Bären. Wenn Bären sich schnell bewegen, können sich ihre Fußabdrücke überlappen. Dieser Experte hatte noch eine andere, noch interessantere Erklärung für den Abdruck – dass er einem Menschen gehörte. Warum sollte jemand barfuß durch den Schnee bummeln? Es klingt unglaublich, doch manchmal reisen Pilger auf ihrem Weg zu den heiligen Stätten barfuß über das Gebirge.

Wusstest du das?

Das Wort Yeti bedeutet in der Sprache Tibets „dieses Ding da“.

Eine gigantische Möglichkeit

Auf einer Expedition nach Nepal entdeckte 1959 ein Kryptozoologe etwas, das er für Yeti-Exkremente hielt. Sie enthielten eine unbekannte Art eines parasitischen Wurms. Da jede Säugetierart ihre eigenen Parasiten hat, könnten die Exkremente von einem ebenfalls unbekannten Tier stammen. Was für ein Tier könnte das sein?

Ein Anthropologe der Washington-State-Universität glaubt, dass Yeti und Bigfoot, falls sie existieren, von einem riesigen affenähnlichen Wesen wie dem *Gigantopithecus* abstammen könnten, der vor 300 000 Jahren ausgestorben ist. Wissenschaftler haben drei versteinerte Kieferknochen des *Gigantopithecus* gefunden, die größer sind als die Kieferknochen männlicher Gorillas, und ein paar Zähne. Einige dieser Versteinerungen wurden in den Ausläufern des Himalaja entdeckt, in der Nähe der Gegend, in der der Yeti angeblich leben soll. Unglücklicherweise lassen Kieferknochen keine Schlüsse darauf zu, ob der *Gigantopithecus* aufrecht gegangen ist. Und ein großer Kieferknochen ist keine Garantie dafür, dass sein Besitzer groß war. Der Kieferknochen eines männlichen Gorillas ist sehr viel größer als der eines Mannes gleicher Größe.

Was also besagt der Beweis? Nicht genug. Die meisten Wissenschaftler sind nicht überzeugt, dass Yeti und Bigfoot mehr sind als mythische Tiere, selbst wenn die Mythen möglicherweise auf Wesen basieren, die einmal gelebt haben. Die Wissenschaftler müssen die lebenden Tiere oder ihre Knochen untersuchen, bevor sie überzeugt sein können, dass Sasquatch und Yeti noch heute in den Bergen umherstreifen.

Wer ist Alma?

Ein Alma ist ein mysteriöses Wesen der kaukasischen Berge in Zentralasien. Verglichen mit Bigfoot und Yeti waren Almas jedoch ausgesprochen freundlich zu den Menschen. Laut einiger Augenzeugenberichte versuchen sie sogar mit Gesten zu kommunizieren. Einige Wissenschaftler glauben, dass, sollten Almas wirklich existieren, die vage Möglichkeit besteht, dass sie von den Neandertalern abstammen könnten – einige unserer frühen Vorfahren –, von denen man weiß, dass sie vor ungefähr 30 000 Jahren in diesem Gebiet gelebt haben. Einer 1992 unternommenen russisch-französischen Expedition in das Gebiet gelang es nicht, die Existenz der Almas zu beweisen. Das Team kam lediglich mit Fußabdrücken, Exkrementen und Geschichten nach Hause. Klingt das nicht bekannt?

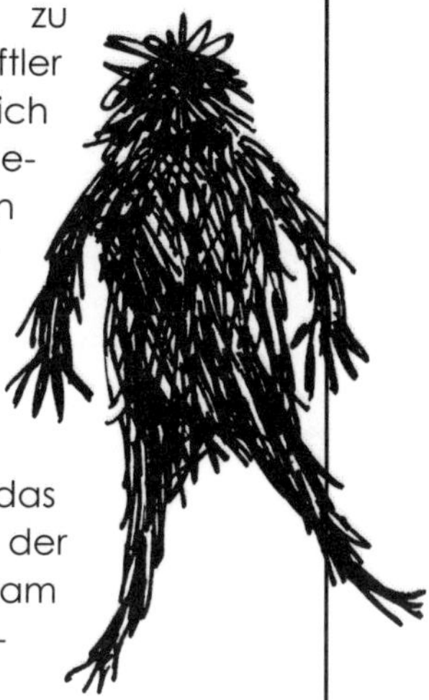

Eine handliche Geschichte

Eine Skeletthand, vermutlich die eines Yeti, wurde von buddhistischen Mönchen in ihrem Kloster in Pangboche aufbewahrt. Vor Jahrzehnten wurden einige Knochen und ein Stück verschrumpelter Haut von der Pangboche-Hand aus Nepal herausgeschmuggelt, um in den USA untersucht zu werden. Die Untersuchungsergebnisse wurden schließlich 30 Jahre später im Februar 1992 freigegeben. Sie enthüllten, dass die Haut der Hand menschlicher Haut sehr ähnlich, jedoch nicht einwandfrei menschlichen Ursprungs ist. Unglücklicherweise sind weitere Untersuchungen an der Pangboche-Hand nicht mehr möglich. Sie wurde 1991 aus dem Kloster gestohlen.

Ein Minimonster

Wissenschaftler des britischen Instituts für Süßwasserökologie behaupten, dass der Loch Ness auf Grund seines geringen Planktonvorkommens (die kleinen Pflanzen und Tiere, von denen sich Fische ernähren) nicht genug Fische hat, um eine Nessie in Monstergröße zufrieden zu stellen. Sie gehen davon aus, dass es sich, sollte Nessie wirklich existieren, um ein Minimonster handeln muss, das nicht mehr als 31 Kilogramm wiegt.

Die Suche nach Nessie

Tim Dinsdale, ein englischer Ingenieur, verbrachte 1960 Monate damit, die Wasseroberfläche des schottischen Loch Ness zu beobachten. Eines Nachmittags wurde seine Geduld belohnt, als er das, was er für das sagenumwobene Monster von Loch Ness hielt, kurz Nessie genannt, filmen konnte. Dinsdales Film zeigt ein langes, buckeliges Objekt, das sich mit einer Geschwindigkeit von 16 Kilometer pro Stunde durch den Loch bewegt. Dinsdales Film war zu körnig und aus zu großer Entfernung aufgenommen, um eine positive Identifikation vorzunehmen. Er löste jedoch eine Belebung der Nessie-Jagd aus.

Loch Ness ist ein langer, enger Schlauch von einem See, der tiefer als die Nordsee ist. Sein Wasser ist dunkel, voll dunkelbrauner Torfpartikel – sehr weiche Kohle –, die von den umliegenden Mooren in den Loch gespült werden. Diese dunklen Partikel im Wasser erschweren die Unterwasserfotografie. Taucher behaupten, der Loch sei Schrecken erregend, da sein Wasser so schwarz ist. Nessie unter diesen Umständen zu finden verlangt nach ungewöhnlichen Techniken.

Zuerst arbeiteten Wissenschaftler der Universität Cambridge mit Echos, die sie auf den Grund des Lochs schickten. Sie gingen davon aus, dass die Schallwellen lebende Kreaturen so stören würden, dass sie an die Oberfläche kämen. Und wirklich tauchte ein äußerst übellauniger Lachs auf. Als Nächstes meinte eine andere Gruppe, dass Explosionen Nessie aufscheuchen könnten. Man arbeitete mit Dynamit und 1963 berichteten 40 Augenzeugen Nessie gesehen zu haben, die inzwischen wahrscheinlich nur einer von vielen extrem verärgerten Lochbewohnern war. 1968 haben Ingenieure der Universität von Birmingham festgestellt, dass ihre Schallwellen unter Wasser von Objekten, die sich mit großer Geschwindigkeit bewegten, zurückgeworfen wurden. Wir haben nie herausgefunden, um was für Objekte es sich handelte, denn man fand Gründe, die Aufzeichnungen anzuzweifeln, weshalb der Beweis nicht als Beweis angesehen wurde.

Hereingelegt!

Das Loch-Ness-Monster scheint ebenso viele Schwindler wie Wissenschaftler anzulocken. Das abgebildete Foto ist wahrscheinlich das berühmteste Foto von Nessie, das je gemacht wurde. Es wurde am 1. April 1934 von R. K. Wilson aufgenommen, einem Arzt aus London. Das Datum sagt alles. Schließlich beschloss Englands Sir Peter Scot, dass Nessie einen richtigen wissenschaftlichen Namen brauche. Er schlug Nessiteras rhombopteryx vor. Erst später fand man heraus, dass der Name ein Scherz war. Kannst du die Buchstaben in dem Namen umstellen, um Sir Peters Botschaft zu entschlüsseln?

Antwort auf Seite 122.

Ein Forschungsteam der Akademie der Angewandten Wissenschaften in Boston machte 1972 Unterwasseraufnahmen im Loch Ness und schickte sie zur Computervergrößerung an die NASA. Ein Foto zeigte eine große Schwimmflosse, die mit einem großen Körper verbunden war. Drei Jahre später wurden auf gleiche Weise zwei weitere Fotos aufgenommen. Diesmal mussten die Wissenschaftler doch einen sicheren Beweis für Nessies Existenz haben. Leider nein! Man befürchtete, dass die Computervergrößerungen die Fotos so verzerrten, dass sie eher das zeigten, was man sehen wollte, als das, was wirklich auf ihnen zu sehen war.

Was ist im Loch?

Die Suche nach Nessie geht weiter. Einige hoch angesehene Wissenschaftler meinen Beweise gefunden zu haben, dass in dem Loch große Wassertiere leben. Welche Tiere könnten das sein?

Die Vorschläge reichen von Aalen und Schildkröten bis hin zu prähistorischen Kreaturen, genannt *Plesiosaurus*. Die meisten Sichtungen von Nessie beschreiben sie mit den gleichen Charakteristika: ein schmaler, schlangenähnlicher Kopf, ein langer, schlanker Nacken, ein schwerer Körper, ein langer, mächtiger Schwanz, ein bis drei Höcker und vier rautenförmige Flossen. Die Fotos, die noch nicht als Fälschungen entlarvt worden sind (wie die von Anthony Shiels und Hugh Gray) scheinen diese Beschreibung zu bestätigen. Das Tier, auf das diese Beschreibung von Nessie am besten passt, ist der *Plesiosaurus*. Wie stehen die Chancen, dass ein Tier, von dem man annimmt, dass es vor Millionen von Jahren ausgestorben ist, noch existiert? Können sich einige altertümliche Tiere in den Tiefen des Loch Ness versteckt haben? Das Rätsel von Loch Ness ist noch lange nicht gelöst. Und was die Wissenschaftler angeht, wird nur der Fang einer lebenden Nessie oder die Entdeckung ihrer Knochen das Rätsel endgültig lösen.

Ausgestorbener Fisch lebend gefunden!

1938 holte ein Fischer an der Ostküste von Afrika sein Netz ein und entdeckte, dass er einen Fisch gefangen hatte, der offiziell nicht existierte. Es war ein Quastenflosser, von dem die Wissenschaftler glaubten, dass er vor 70 Millionen Jahren ausgestorben sei.

Mythische Monster

Alte Legenden erzählen von heroischen Kämpfen mit Furcht einflößenden Monstern: von dem Greif, der seinen Schatz bewacht, und von dem Drachen, dem Superstar der mythischen Tiere. Wie entstanden diese Legenden?

Terrorvogel oder Dinosaurier?

Der Greif mit dem Kopf eines Adlers und dem Körper eines Löwen hat eine Schwäche für kostbare Metalle und Steine. Wenn jemand seinem Schatz zu nahe kommt, stürzt er sich auf ihn und reißt ihn in Stücke.

Wie haben sich die Menschen eine solche Kreatur ausgedacht? Eine Möglichkeit ist die, dass der Greif auf den prähistorischen flugunfähigen Vogel zurückgeht, der als *Titanis* bekannt ist. Größer als ein Elefant und in der Lage, schneller als ein Pferd zu laufen, gehörte Titanis zu einer Gruppe von bösen Räubern, bekannt als Terrorvögel. Die Menschen, die sich zum Ende der Herrschaft der Terrorvögel entwickelt haben, dürften einige Furcht einflößende Kamingeschichten über ihre Zusammentreffen mit *Titanis* zu berichten ge-

habt haben. Sein Schatz war natürlich sein Nest voller Eier oder Junger, die er vor den plündernden Säugetieren schützen musste.

Eine andere Erklärung knüpft sich an die Möglichkeit, dass frühe Nomaden aus einer Region nördlich des Schwarzen Meers die versteinerten Überreste des Dinosauriers *Protoceratops* gefunden haben, während sie in der Mongolei umherzogen. Dieser gehörnte Dinosaurier hatte einen Schädel, der leichte Ähnlichkeit mit einem riesigen Adlerkopf hatte, und seine Füße passten eher zu einem Löwen als zu einem Dinosaurier. Falls die verwirrten Nomaden auch Dinosauriereier gefunden haben, könnte das erklären, warum man annahm, dass die Eier des Greifs hart wie Stein waren.

Gleiche Gesellen

Der prähistorische Titanis macht es leicht, zu glauben, dass Vögel die direkten Nachkommen von kleinen, Fleisch fressenden Dinosauriern sind. Und den Seriema, einen lebenden Verwandten der Terrorvögel, findet man in den Weidelandschaften Südamerikas. Er geht genau wie seine Vorfahren auf Raub aus – mit der Geschwindigkeit von Rennpferden. Aber mach dir keine Sorgen – er ist kaum größer als ein Hühnchen.

Es gibt Drachen …

Es gibt kaum einen Ort auf der Welt, in dessen Mythologie sich kein Drache findet. Könnte der Drache ähnlich wie der Greif auf ein Tier zurückzuführen sein, das es tatsächlich gab und das uns einst terrorisiert hat? Wenn ja, was für ein Tier könnte das sein?

Sofort denkt man an den Dinosaurier, doch Dinosaurier können die Menschen nicht dazu inspiriert haben, an Drachen zu glauben. Selbst wenn es einigen Dinosauriern gelungen ist, ein paar Millionen Jahre zu überleben, sind die meisten von ihnen viele Millionen Jahre, bevor es Menschen gab, verschwunden. Also ist es unmöglich, dass die Gestalt des Drachen dadurch entstand, dass Menschen wirklich lebende Dinosaurier gesehen haben.

Es ist möglich, dass Menschen versteinerte Knochen von Dinosauriern gefunden haben und dass ihre Vorstellung von einem Drachen darauf basiert. Doch dürften die Knochen keine spezifischen Schlüsse darauf zugelassen haben, wie das Tier ausgesehen hat; woher kamen dann die Details? Der Drache bringt uns an den Ausgangspunkt dieses Buches zurück ... zu unseren alten Ängsten, gejagt zu werden, und zu unseren Ängsten vor Kreaturen der Nacht. Sieh dir die Drachen genau an und du wirst sehen, dass sie aus Teilen von Tieren zusammengesetzt sind, die wir liebend gern hassen. Der lange, schuppige Körper kann nur von einer Schlange kommen. In der Tat haben viele Drachen keine Beine und unser Wort Drache stammt von dem griechischen Wort *dracon* ab, das Fabelwesen oder Schlange bedeutet. Ihr Kopf sieht aus wie eine Mischung aus dem Kopf eines Krokodils und dem eines Wolfs. Riesige Fangzähne! Ihre Füße gleichen denen eines großen Raubvogels, vielleicht sogar denen von *Titanis*. Während ihre mit Haut bedeckten Flügel - wenn sie Flügel haben - aussehen, als wären sie von einer Riesenfledermaus.

Kein Wunder, dass der Drache ein solches Megamonster ist. Wir haben ihn mit den Kräften von Tieren ausgestattet, die uns länger, als wir zurückdenken können, in Angst und Schrecken versetzt haben.

Lebende Drachen

Ein holländisches Flugzeug machte 1912 auf der Insel Komodo in Indonesien eine Bruchlandung. Was der Pilot berichtete gesehen zu haben, machte Schlagzeilen: große, drachenartige Kreaturen, die manchmal Menschen angriffen und fraßen.

Wissenschaftler untersuchten den Bericht. Sie bestätigten, dass es sich bei dem, was der Pilot gesehen hatte, um riesige Waraneidechsen handelte – Reptilien, die über drei Meter lang werden können. Unbestätigte Berichte von noch größeren Eidechsen kommen aus Neuguinea. Könnte die Drachenmythologie dadurch inspiriert worden sein, dass unsere Vorfahren diese Rieseneidechsen gesehen haben?

SPUREN machen

Wie können menschliche Fußabdrücke wie Bigfoot-Abdrücke aussehen?

... im Schnee

Um das herauszufinden, brauchst du:

- einen Fleck Schnee, der die meiste Zeit des Tages in der Sonne liegt;
- ein Stück dicken Karton und eine Pappschachtel;
- Schere, Lineal, Papier und einen Bleistift.

1. Fertige einen Kartonausschnitt deines rechten Fußabdrucks (barfuß) an und drücke mit ihm zwei drei Zentimeter tiefe Fußabdrücke in den Schnee.
2. Notiere ihre Länge, ihre maximale Breite und ihre Fersenbreite.
3. Bedecke den einen Abdruck mit der Pappschachtel und pass auf, dass die Schachtel den anderen Abdruck nicht überschattet.
4. Miss die Abdrücke morgens und abends ungefähr vier Tage lang.

   Was passiert mit beiden?

... im Sand

Wie kannst du einen Fußabdruck, der beim Gehen entstanden ist, von einem in den Sand gedrückten Abdruck unterscheiden? Gehe barfuß durch Matsch oder nassen Sand. Hüpfe dann einige Schritte, bevor du deinen erhobenen Fuß fest in den Sand neben deinen dich tragenden Fuß drückst. Versuch ihn gerade aufzusetzen, sodass dein ganzer Fuß den Sand zur gleichen Zeit berührt. Stell dir vor, dein Fuß sei eine Gipsform, mit der du Abdrücke in den Sand drückst. Vergleiche diese festen Abdrücke mit einem Abdruck, der beim Gehen entstanden ist. Worin bestehen die Unterschiede?

Antwort auf Seite 122.

Ein wissenschaftliches Geheimnis

Mittels eines Fußabdrucks kannst du feststellen, wie groß ein Mensch – oder ein Bigfoot – ist. Du misst einfach die Länge des Abdrucks und multiplizierst diese Zahl mit 6,6, um die Höhe von wem auch immer zu ermitteln.

Antworten

Startbereit, Seite 14

1 A; 2 D; 3 B; 4 C.

Bestimme die Phobie, Seite 19

1 J; 2 G; 3 A; 4 H; 5 D; 6 I; 7 F; 8 B; 9 E; 10 C.

Wer ist hier abergläubisch, Seite 25

1 C. Salz wurde als so wichtig angesehen, dass es Unglück brachte, etwas davon zu verstreuen. Verstreutes Salz wird über die linke Schulter geworfen. Das ist die von der rechten Gehirnhälfte kontrollierte Seite, von der man annimmt, dass sie für negative Gefühle zuständig ist. Kann das mit der Vorstellung verknüpft sein, dass links für böse und rechts für gut steht?

2 H. Mit der rechten Hand auf Holz zu klopfen – kontrolliert durch die linke Gehirnhälfte, die für positive Gefühle verantwortlich ist – schützt dich angeblich vor Übel, wenn du den Mund zu voll nimmst.

3 D. Der Gedanke, dass eine schwarze Katze, die deinen Weg kreuzt, Unglück bringt, ist weit verbreitet. Seit den Tagen, als die Ägypter Katzen als Götter verehrten, sieht man Katzen als besondere Tiere an.

4 F. Das Zerbrechen eines Spiegels soll Unglück bringen. Um das Unglück abzuwenden, muss man alle Teile aufsammeln und in einen schnell fließenden Bach oder Fluss werfen – was du hoffentlich aus Umweltschutzgründen keineswegs tust! Die Römer, die für die Dauer des Unglücks sieben Jahre ansetzten, waren auf der richtigen Fährte: deine Knochen erneuern sich alle sieben Jahre.

5 J. Die Zahl 13 wird als Pechzahl betrachtet. Der Sciencefictionautor H. G. Wells nahm an, dass der Dreizehner-Aberglaube daher rührt, dass die Dreizehn eine unangenehme Zahl ist, eine Primzahl – im Gegensatz zu der Zahl 12 lässt sie sich nicht ganzzahlig teilen.

6 A. Man glaubt, es bringt Pech, unter einer Leiter hindurchzugehen. Eine mögliche Quelle für diesen Aberglauben ist eine Art Galgen, der wie eine Leiter gegen einen tragenden Balken gelehnt wurde. Der Verurteilte, der an diesem Galgen aufgehängt werden sollte, konnte entkommen, indem er hinaufkletterte, um das Seil zu erreichen.

7 E. Wünscht man jemandem, der niest, „Gesundheit", soll das dem Niesenden Glück bringen.

8 G. Man glaubt, dass ein um einen Finger gewickelter Bindfaden dir hilft, dich an etwas zu erinnern. Außerdem glaubt man, dass der Knoten das Böse fern hält – ein zusätzlicher Pluspunkt.

9 I. Sonnenanbetern soll es Glück bringen, das Essen falsch herum zu rühren. Im Uhrzeigersinn zu rühren soll dagegen Unglück bringen und bedeutet, dass das Essen nicht richtig schmeckt. Dieser Aberglaube diskriminiert Linkshänder, die nur mit Schwierigkeiten gegen den Uhrzeigersinn rühren können.

10 B. Trittst du auf Risse im Bürgersteig, soll das deiner Familie Unglück bringen. Ein Gedicht ist höchstwahrscheinlich die Quelle für diesen modernen Aberglauben:

Tritt in ein Loch und du wirst die Zuckerdose deiner Mutter zerbrechen.

Tritt auf einen Riss und du wirst deiner Mutter den Rücken brechen.

Tritt in einen Graben und deiner Mutter wird die Nase jucken.

Tritt in den Schmutz und du wirst das Hemd deines Vaters zerreißen.

Tritt auf einen Nagel und du wirst deinen Vater ins Gefängnis bringen.

Test für Mondsüchtige, Seite 49

Wahrscheinlich ist dir inzwischen klar geworden, dass der Mond auf seiner Reise durch den Himmel seine Größe nicht verändert. Das ist lediglich eine optische Täuschung. Die Versuche mit der Pille und dem Papierrohr haben das bewiesen. Eine Pille, die du auf Armlänge von dir entfernt hältst, wird immer den Mond verdecken und der Mond wird immer das Ende des Rohrs ausfüllen - sowohl am Horizont als hoch am Himmel. Doch wie bringst du den Mond zum Schrumpfen, wenn du durch deine Beine guckst? Indem du den Horizont aus deinem Blickwinkel rückst.

Dein Gehirn hat Karten deiner Umgebung gespeichert - von der näheren Umgebung bis hin zu der Umgebung, die weit entfernt am Horizont liegt -, damit du weißt, wo du im Verhältnis zu anderen Objekten stehst. Aber die Karte des Raums in deinem Gehirn hat einen Fehler. Auf dieser Karte erscheint der Horizont weiter weg als ein Punkt am Himmel direkt über dir. Wenn der Mond am Horizont auf der Netzhaut deines Auges die gleiche Größe hat wie der Mond direkt über dir, dann muss dein Gehirn erklären, warum etwas, das angeblich weiter weg sein soll, die gleiche Größe hat wie etwas, das näher liegt. Deshalb wird dir vorgegaukelt, dass der Mond am Horizont größer ist, als er in Wirklichkeit ist.

Tiere tun die seltsamsten Dinge, Seite 68

Alle diese Verhaltensweisen kommen bei Tieren vor einem Erdbeben tatsächlich vor.

Hast du noch alle Murmeln im Schrank, Seite 71

Diese Frage wurde von einer Frage abgeleitet, die in Versuchen an der Universität von Westengland verwendet wurde. Die Antwort heißt blau. Zehn Murmeln bleiben übrig;

acht von ihnen sind blau und zwei rot. Vier zu eins, dass du beim nächsten Mal eine Blaue erwischst.

Fotofälschungen, Seite 82

Das Foto ist eine Fälschung, erstellt in den frühen Neunzigerjahren dieses Jahrhunderts, es ist vielleicht das Überzeugendste. Da die Fotomanipulationstechniken komplizierter geworden sind, können Effekte wie Schatten und Brennweitenunterschiede ziemlich genau gefälscht werden.

Ein Monsterschwindel, Seite 108

Nessiteras rhombopteryx kann umbuchstabiert werden zu „Monster hoax by Sir Peter S.“ (Monsterschwindel von Sir Peter S.).

Spuren machen, Seite 116

Wenn du gehst, setzt du gewöhnlich den Fuß mit der Außenseite deiner Ferse auf den Boden auf und drückst dich mit der großen Zehe wieder ab. Das führt dazu, dass der beim Gehen entstehende Fußabdruck an der Außenseite der Ferse tiefer ist. Außerdem zeigen deine Zehen beim Gehen leicht nach außen – man spricht von deinem Gangwinkel. Stößt du im Sand auf Fußabdrücke, die an der Außenseite der Ferse nicht tiefer sind und geradeaus zeigen, weißt du sofort, dass sie gefälscht sind!

Unheimliche Wissenschaftler – ein Glossar

Es folgen einige der Wissenschaftler, deren Arbeit hilft die Wahrheit hinter vielen bizarren Rätseln zu entdecken.

Ärzte, Zahnärzte und Ernährungswissenschaftler halten uns nicht nur gesund. Um ihrer Arbeit auf die bestmögliche Weise nachzugehen, erforschen sie auch, wie unser Körper funktioniert.

Anthropologen studieren, wie sich die Menschheit entwickelt hat. Sie sind groß darin, Knochen zu studieren - alte und neue. Sie versuchen auch Hinweise darauf zu finden, wie wir gelebt haben, bevor Menschen historische Aufzeichnungen gemacht haben.

Astronomen sind Weltraumfachleute. Sie sehen durch ihre Teleskope und vergleichen Fotos und andere Aufzeichnungen über Sterne, Planeten, Monde, Kometen und Galaxien - in dem Versuch zu verstehen, wie das Universum funktioniert.

Astrophysiker sind Astronomen, die sich Fragen stellen wie: Woraus bestehen Sterne und Planeten? Wie entstehen Sterne? Warum sterben Sterne?

Atmosphären-Wissenschaftler sind keine Hohlköpfe, sondern fasziniert von der gasförmigen Hülle, Atmosphäre genannt, die unseren Planeten umgibt - von ihrer Ausstattung, von der Art, wie sie funktioniert, und von all den rätselhaften Dingen, die in ihr passieren.

Biochemiker erforschen liebend gern, woraus lebende Dinge bestehen - alle chemischen Kombinationen und Reaktionen, zu denen es in unseren und in vielen anderen Körpern kommt.

Biologen müssen wissen, wie lebende Dinge funktionieren - wie sie wurden, wie sie sind, an den Orten leben, an denen sie leben, und wie sie mit anderen Lebewesen zurechtkommen.

Chemiker untersuchen die Materie. Sie studieren die Elemente und wie sie zusammenwirken, um Verbindungen zu bilden. Die angewandte Chemie untersucht, wie die physischen Eigenschaften von Stoffen die Art und Weise beeinflussen, wie sie zusammenwirken und sich verändern.

Genetiker schwimmen in Genpools und studieren die Merkmale, die durch die Geburt bestimmt sind. Sie tauchen in die Rätsel der DNS ein, in den Teil jeder lebenden Zelle, der die Kodierung aller ererbten Merkmale von der Haarfarbe bis zu Zehen mit Schwimmhäuten enthält.

Geologen stehen mit beiden Beinen auf der Erde und studieren die Planeten von ihrer Oberfläche bis zu ihrem Kern. Sie beschäftigen sich gründlich mit unserem Planeten, wie er entstanden ist, was mit ihm passierte, als er älter wurde, und warum er sich so entwickelt hat. Wahrscheinlich halten sie sich Steine als Haustiere.

Ingenieure wenden Wissenschaft auf Strukturen und Maschinen an, entwerfen und bauen Maschinen und bringen sie zum Funktionieren.

Kryptozoologen bereisen schwer zugängliche Orte und suchen nach mysteriösen Tieren, von denen nur wenige Menschen glauben, dass sie überhaupt existieren.

Luftfahrtspezialisten und Raketen-Spezialisten sind Ingenieure, die sich darauf spezialisiert haben, Dinge am weit entfernten Himmel funktionieren zu lassen.

Neurologen, Neurobiologen und andere Neurowissenschaftler sind Nervenforscher, die nichts lieber tun als mit Gehirnen und Nervensystemen zu experimentieren. Auf diese Weise erfahren sie, wie diese arbeiten und wie sie geheilt werden können, wenn sie nicht richtig funktionieren.

Paläontologen verbringen einen Großteil ihrer Zeit damit, Fossilien auszugraben, die ihnen bei der Bestimmung, wer und was wann und wo gelebt hat, helfen, lange bevor irgendwelche Aufzeichnungen gemacht wurden. Sie interessieren sich auch für Felsen.

Parapsychologen sind Erforscher des Übersinnlichen und studieren sonderbare geistige Phänomene, die sich einer normalen physischen Erklärung entziehen. Sie hoffen Erklärungen zu finden, die wir verstehen können, und glauben an seltsame Dinge wie Telepathie, PSI oder außerkörperliche Erfahrungen. Wissenschaftler der gängigen Richtungen haben in der Regel ihre Zweifel am Studium der Parapsychologie.

Pathologen sind Ärzte, die Patienten gewöhnlich erst nach deren Tod sehen. Das liegt daran, dass tote Körper wichtige Hinweise liefern, wie Krankheiten entstehen und wie sie Menschen beeinflussen.

Physiker sind wirklich gut in Mathe und mögen nichts lieber als Tafeln und Computerbildschirme mit Gleichungen zu füllen, die ihnen sagen, wie Materie und Energie zusammenwirken – und Ähnliches.

Psychiater können dich bitten, dich auf einer Couch auszustrecken, um in bequemer Lage mit ihnen zu reden. Sie sind Ärzte, die sich auf geistige Krankheiten spezialisiert haben und sowohl Menschen behandeln als auch Forschung über Ursachen und Behandlung geistiger Krankheiten betreiben.

Psychologen sind dann am glücklichsten, wenn sie das Gehirn und seine Arbeitsweise studieren können. Sie versuchen die Frage zu beantworten: Warum handeln, denken und fühlen wir so, wie wir es tun? Einige Psychologen behandeln Patienten und helfen ihnen ihre Gedanken und Gefühle zu verstehen.

Statistiker lieben Zahlen. Bitte sie eine Übersicht über deine Nachbarschaft zu erstellen und sie werden dir nicht nur sagen, wie viele Menschen dort wohnen, sondern auch wie viele Leute mit braunen Augen oder unsymmetrischen Ohrläppchen im nächsten Jahr wahrscheinlich in deine Nachbarschaft ziehen werden.

Verhaltenspsychologen und Tierverhaltensforscher studieren das, was Menschen und Tiere tun. Sie hoffen so zu verstehen, was uns funktionieren lässt.

Zoologen haben mit Tieren zu tun. Sie versuchen herauszufinden, wie viele Tierarten es gibt, wer mit wem verwandt ist, warum die Arten so unterschiedlich aussehen und wie sie leben. Die Zoologie wird in ebenso viele Disziplinen unterteilt, wie es Arten gibt; zum Beispiel in Ichthyologen, sie studieren Fische.